キャプテン翼 中学生編

上

高橋陽一・原作/絵
ワダヒトミ・著

集英社みらい文庫

目次《もくじ》

プロローグ …… 6
1 最後《さいご》の夏《なつ》 …… 10
2 新《あたら》しい才能《さいのう》 …… 42
3 夢《ゆめ》の対決《たいけつ》 …… 79

4 カミソリパワーの爆発《ばくはつ》……107
5 日向《ひゅうが》小次郎《こじろう》の帰還《きかん》……151
6 とびだせ！ スカイラブ・ハリケーン……161
7 長崎《ながさき》からきたダークホース……200
8 不滅《ふめつ》のチームワーク……219

東邦学園《とうほうがくえん》｜東京《とうきょう》

日向小次郎《ひゅうがこじろう》【FW】

翼《つばさ》の小学生時代《しょうがくせいじだい》からのライバル。中学最後《ちゅうがくさいご》の夏《なつ》、翼《つばさ》を倒《たお》すべく雪辱《せつじょく》に燃《も》える。

大友中《おおともちゅう》｜静岡《しずおか》

新田《にった》 瞬《しゅん》【FW】

中《ちゅう》2。翼《つばさ》が中学進学後《ちゅうがくしんがくご》に南葛ＳＣ《なんかつエスシー》のキャプテンとなり、全国優勝《ぜんこくゆうしょう》をはたす。

若島津《わかしまづ》 健《けん》【GK】

沢田《さわだ》タケシ【MF】

東一中《あずまいっちゅう》｜大阪《おおさか》

早田《そうだ》 誠《まこと》【DF】

ボールにヨコ回転《かいてん》を加《くわ》えた“カミソリシュート”が武器《ぶき》。

武蔵中《むさしちゅう》｜東京《とうきょう》

三杉《みすぎ》 淳《じゅん》【DF】

心臓《しんぞう》に病《やまい》をかかえるガラスのエース。2年《ねん》のリハビリを経《へ》て復帰《ふっき》。

ふらの中《ちゅう》｜北海道《ほっかいどう》

松山《まつやま》 光《ひかる》【MF】

抜群《ばつぐん》のリーダーシップでチームを鼓舞《こぶ》し、勝利《しょうり》をめざす。

比良戸中《ひらどちゅう》｜長崎《ながさき》

次藤《じとう》 洋《ひろし》【DF】

全国大会《ぜんこくたいかい》のダークホース。攻守《こうしゅ》にわたるパワープレーがさえる。

花輪中《はなわちゅう》｜秋田《あきた》

立花和夫《たちばなかずお》・正夫《まさお》【MF】

アクロバチックなプレーにみがきをかけ、“新《しん》”空中技《くうちゅうわざ》をくりだす。

登《とう》場《じょう》人《じん》物《ぶつ》紹《しょう》介《かい》

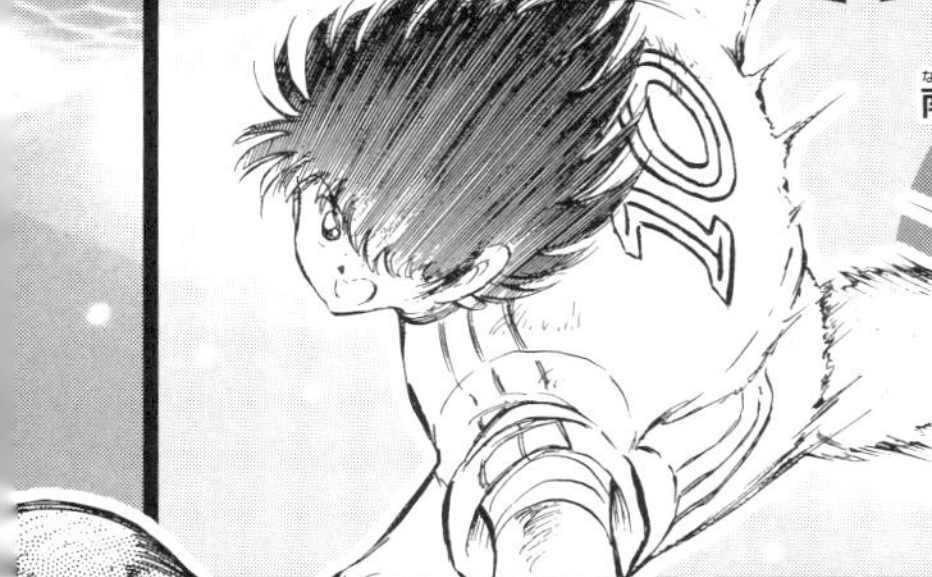

南葛中《なんかつちゅう》｜静岡《しずおか》 **大空《おおぞら》 翼《つばさ》**

【MF】

サッカーの申《もう》し子《ご》。小学生《しょうがくせい》時代《じだい》、所属《しょぞく》チームの南葛《なんかつ》S《エス》C《シー》を全国優勝《ぜんこくゆうしょう》に導《みちび》き、その後《ご》南葛中《なんかつちゅう》で全国《ぜんこく》V2《ヴィツー》を達成《たっせい》。前人未到《ぜんじんみとう》の3連覇《れんぱ》をめざす。

石崎《いしざき》 了《りょう》
【DF】

来生哲兵《きすぎてっぺい》
【FW】

滝《たき》 一《はじめ》
【FW】

井沢《いざわ》 守《まもる》
【MF】

高杉真吾《たかすぎしんご》
【DF】

森崎有三《もりさきゆうぞう》
【GK】

長野《ながの》 洋《ひろし》
【FW】

岩見兼一《いわみけんいち》
【MF】

小田《おだ》 強《つよし》
【DF】

中里正人《なかざとまさと》
【DF】

若林源三《わかばやしげんぞう》

天才《てんさい》ゴールキーパー。ドイツのクラブチームに参加《さんか》している。

岬《みさき》 太郎《たろう》

南葛SC《なんかつエスシー》で翼《つばさ》と黄金《ゴールデン》コンビを組《く》んでいた。

ロベルト本郷《ほんごう》

元《もと》ブラジル代表《だいひょう》。翼《つばさ》にサッカーをたたきこんだ人物《じんぶつ》。

プロローグ

ぼくのそばにはずっと、気《き》づけばサッカーボールがあった。

ボールはいつも、ぼくを助《たす》けてくれる存在《そんざい》だ。

歩《ある》きはじめのチビすけのころから感《かん》じていたけれど、中学《ちゅうがく》3年生《ねんせい》になったいまでも、その思《おも》いは少《すこ》しも変《か》わらない。

ボールは、ぼくの友《とも》だちだ。


ただ、あのころから変《か》わったことも、もちろんある。

ボールさえあればよかったぼくに、世界《せかい》の広《ひろ》さを教《おし》えてくれたひとがいたからだ。

ロベルト本郷《ほんごう》。

ブラジルナショナルチームのFW《フォワード》だったひとで、父《とう》さんの友人《ゆうじん》だ。

小学《しょうがく》6年生《ねんせい》になったばかりのぼくの前《まえ》にさっそうとあらわれて、サッカーというものをたたきこんでくれた。

一度《いちど》、キーパーの位置《いち》に立《た》って、ロベルトのシュートの威力《いりょく》を肌《はだ》で感《かん》じたことがある。ボールには少《すこ》しもふれられなかったけれど、あのとき感《かん》じたビリビリとした衝撃《しょうげき》は、いまでもよく覚《おぼ》えている。

あのころロベルトは、ぼくが全日本少年《ぜんにほんしょうねん》サッカー大会《たいかい》に優勝《ゆうしょう》したら、サッカーの本場《ほんば》ブラジルにつれていってくれるといっていた。

だから、ぼくは、南葛《なんかつ》SC《エスシー》のキャプテンとしてがんばって優勝《ゆうしょう》をもぎとった。ロベルトが誰《だれ》よりもよろこんで、ほめてくれると思《おも》っていた。でも、ロベルトは、ぼくが優勝《ゆうしょう》をはたしたその日《ひ》に、ひとりでブラジルに帰《かえ》ってしまった。

「これが永遠《えいえん》の別《わか》れになるだろう」という手紙《てがみ》と、ぼくのためにサッカーの練習法《れんしゅうほう》をまとめてくれた分厚《ぶあつ》いノートをのこして……。

ロベルトがいなくても、ぼくは毎日《まいにち》サッカーをつづけている。

さずけてくれたノートにしたがって、基礎体力《きそたいりょく》づくりや筋力《きんりょく》トレーニングをして、新《あたら》しいプレースタイルや技《わざ》を少《すこ》しずつ身《み》につけている。

ロベルトがすすめてくれたとおり、ポジションもFW《フォワード》からMF《ミッドフィルダー》にうつった。司令塔《しれいとう》とも呼《よ》ばれるゲームメーカーとして、攻《せ》めだけじゃなくて、守《まも》りもあわせてピッチ全体《ぜんたい》の動《うご》きを読《よ》みながらプレーしている。

それから、とびきりむずかしくて、ずっと練習《れんしゅう》しつづけているのが「ドライブシュート」だ。タテにはげしい回転《かいてん》をかけてくりだすシュートだと、頭《あたま》ではわかっているつもりだけど、まだ身体《からだ》ではつかめていない。ロベルトのコメントには、このシュートがうてなければ一流《いちりゅう》にはなれないとも書《か》いてあるけれど……。

ロベルトのサッカーに憧《あこが》れて、それを吸収《きゅうしゅう》していくたびに、ぼくは思《おも》う。

やっぱり、ブラジルにいきたい、と。

ロベルトがつれていってくれなくても、自分《じぶん》でいく。

ブラジルでプロのサッカー選手《せんしゅ》になる。

そう考《かんが》えて、ぼくは、中学卒業後《ちゅうがくそつぎょうご》の進路《しんろ》としてブラジル行《い》きを見《み》すえて、ブラジルの公《こう》用語《ようご》であるポルトガル語《ご》の勉強《べんきょう》もすすめていた。

ぼくが勇気《ゆうき》をもって、夢《ゆめ》にむかってつっ走《ぱし》れるのは、もうひとり、小学生時代《しょうがくせいじだい》からの仲《なか》間《ま》でありライバルでもある若林源三《わかばやしげんぞう》――若林《わかばやし》くんの影響《えいきょう》も大《おお》きい。

南葛《なんかつ》ＳＣ《エスシー》のキーパーで、まさに守護神《しゅごしん》だった若林《わかばやし》くんは、全日本少年《ぜんにほんしょうねん》サッカー大会《たいかい》のあと、専属《せんぞく》コーチの見上《みかみ》さんと一緒《いっしょ》にドイツへ発《た》った。そして、いまや、14歳《さい》にして早《はや》くもブンデスリーガのクラブチームに参加《さんか》しているらしい。

ぼくの憧《あこが》れ。ぼくのライバル。

いつか、ふたりに再会《さいかい》するときに、ちゃんと胸《むね》をはっていられるように、ぼくは毎日《まいにち》をいっしょうけんめいかさねている。

1 最《さい》後《ご》の夏《なつ》

「おはよう、石崎《いしざき》くん！」

静岡県《しずおかけん》の南葛市《なんかつし》にある南葛中学校《なんかつちゅうがっこう》の3年生《ねんせい》になった大空翼《おおぞらつばさ》は、朝《あさ》の通学路《つうがくろ》、学《がく》ラン姿《すがた》で友《とも》だちの名前《なまえ》を呼《よ》んだ。

声《こえ》と一緒《いっしょ》にとばしたのは、同《おな》じく翼《つばさ》の〝友《とも》だち〟であるサッカーボール。

小学生時代《しょうがくせいじだい》からの翼《つばさ》のサッカー仲間《なかま》、石崎了《いしざきりょう》がふりかえると、ボールはその坊主頭《ぼうずあたま》にヒットした。

「てめェ～っ。翼《つばさ》、よくもやったな！」

石崎《いしざき》は、ニシシと笑《わら》っておでこを押《お》さえながら、翼《つばさ》を追《お》いかける。

「ハハハ、ごめん、ごめん！」

翼《つばさ》は、はねかえってきたボールを足元《あしもと》でピタリととめて、ドリブルしながら、ゆかいそうに逃《に》げまわった。

そんな翼《つばさ》に声《こえ》をかけたのは、中沢早苗《なかざわさなえ》。翼《つばさ》たちと同《おな》じ南葛小《なんかつしょう》の出身《しゅっしん》で、応援団《おうえんだん》の団長《だんちょう》をしていた女《おんな》の子《こ》だ。男勝《おとこまさ》りで活発《かっぱつ》だった早苗《さなえ》も、いまではすっかりおちついて、ものごしがやさしく、やわらかくなっている。

「おはよう、翼《つばさ》くん！」

「あっ、おはようマネージャー！」

早苗《さなえ》は、南葛中《なんかつちゅう》サッカー部《ぶ》のマネージャーになって、さらに近《ちか》くから翼《つばさ》たちをサポート

していた。

小学生時代《しょうがくせいじだい》からの仲間《なかま》にかこまれた、あいかわらずの翼《つばさ》の学校生活《がっこうせいかつ》。

ただ、全国大会《ぜんこくたいかい》2連覇《れんぱ》をなしとげたサッカー部《ぶ》のキャプテンである翼《つばさ》は、学校《がっこう》の後輩《こうはい》たちにとっての、憧《あこが》れの先輩《せんぱい》になっていた。

翼《つばさ》を見《み》かけて、黄色《きいろ》い声《こえ》をあげる女《おんな》の子《こ》も、もちろんいっぱい。

そして、翼《つばさ》の名声《めいせい》は、校内《こうない》や市内《しない》だけでなく全国《ぜんこく》にもひろがっていて、サッカー専門誌《せんもんし》にもよくとりあげられるようになっていた。


「今月《こんげつ》の『サッカーイレブン』、もう見《み》たか？　ほら、おまえの記事《きじ》がのってるんだよ！」

石崎《いしざき》はサッカー部《ぶ》のみんなの前《まえ》で、翼《つばさ》がのったサッカー専門誌《せんもんし》をひろげた。

記事《きじ》には、夏休《なつやす》みにある全国中学生《ぜんこくちゅうがくせい》サッカー大会《たいかい》で、翼《つばさ》ひきいる南葛中《なんかつちゅう》が史上初《しじょうはつ》のV3《ヴイスリー》を達成《たっせい》すれば、日本《にほん》サッカー界《かい》に新《あたら》しい伝説《でんせつ》が生《う》まれる、と書《か》かれている。

そして、高校選抜《こうこうせんばつ》の合宿《がっしゅく》に特別参加《とくべつさんか》したときの翼《つばさ》の活躍《かつやく》が、写真《しゃしん》とともに紹介《しょうかい》されていた。

「シャクにさわるなァ。なんで翼《つばさ》だけ、スターあつかいなんだよ」

石崎《いしざき》が冗談《じょうだん》めかしていうと、チームメイトのみんなも笑《わら》う。

「まァ、そう、ひがむなよ。おれたちだって、また全国大会《ぜんこくたいかい》で優勝《ゆうしょう》すれば、デカデカと記《き》事《じ》がのるって」

「まァ、そういえば、そうだな！」

「よし！　雑誌《ざっし》に写真《しゃしん》をのっけてもらうためにも、がんばろうぜ！」

特集《とくしゅう》には、全国《ぜんこく》の注目《ちゅうもく》のチームがほかにもいくつか紹介《しょうかい》されていた。

まずは、２年連続《ねんれんぞく》で優勝《ゆうしょう》を逃《のが》し、雪辱《せつじょく》に燃《も》える日向小次郎《ひゅうがこじろう》が牙《きば》をむく東邦学園《とうほうがくえん》。それから、松山光《まつやまひかる》を中心《ちゅうしん》に抜群《ばつぐん》のチームワークを発揮《はっき》しているふらの中《ちゅう》に、双子《ふたご》の立花兄弟《たちばなきょうだい》がくりだすミラクルな技《わざ》がさえる花輪中《はなわちゅう》。そして、ガラスのエースとうたわれている三杉淳《みすぎじゅん》ひきいる武蔵中《むさしちゅう》……。

みんな、小学生時代《しょうがくせいじだい》に全日本少年《ぜんにほんしょうねん》サッカー大会《たいかい》でぶつかりあったライバルたちだ。

「考《かんが》えてみると、あの大会《たいかい》でたたかったみんなは、いまもそれぞれ、がんばってるんだね」

翼《つばさ》は、しみじみという。

そうだ。ドイツへいった若林《わかばやし》くんもがんばってる。

でも……。

かつての翼《つばさ》のパートナーであり、南葛黄金《なんかつゴールデン》コンビとして活躍《かつやく》した岬太郎《みさきたろう》だけは、いま、どうしているのかわからなかった。突然九州《とつぜんきゅうしゅう》に引《ひ》っ越《こ》してしまったきり、うわさも聞《き》かなくなっているのだ。

岬《みさき》くん、あれから、なんのたよりもないなんて……。だけど、岬《みさき》くんがサッカーをやめるはずないよね。きっと、どこかで元気《げんき》にサッカーボールをけっているはずだ。

翼《つばさ》は、今年《ことし》こそ大会《たいかい》で、岬《みさき》に会《あ》えると信《しん》じていた。

夏《なつ》の全国大会《ぜんこくたいかい》の県予選《けんよせん》をひかえて、南葛中《なんかつちゅう》サッカー部《ぶ》の練習《れんしゅう》は午前《ごぜん》6時《じ》からの朝練《あされん》にはじまり、放課後《ほうかご》も日《ひ》がおちるまで行《おこな》われていた。

新入生《しんにゅうせい》もたくさん入部《にゅうぶ》して、活気《かっき》いっぱい。

「どうした、1年生《ねんせい》！　声《こえ》がでてないぞ！」

「ダッシュするときはもっと大声《おおごえ》をだして、気合《きあ》いをいれてスタートするんだ！」

「はいっ！」

石崎《いしざき》のかけたはっぱに、新入部員《しんにゅうぶいん》が力強《ちからづよ》くこたえる。

すると、翼《つばさ》もエネルギッシュにいう。

「よーし！　50メートルダッシュ15本目《ほんめ》、いくぞ!!」

「おう！」

V3《ヴイスリー》への道《みち》は、あたりまえだけど、簡単《かんたん》じゃない。

春《はる》から夏《なつ》にかけて、どんどんきびしくなっていく練習《れんしゅう》にギブアップして、退部《たいぶ》していく部員《ぶいん》も少《すく》なくなかった。

それはマネージャーも同《おな》じことで、春《はる》には10人《にん》もはいった1年生《ねんせい》マネージャーも、夏前《なつまえ》には杉本久美《すぎもとくみ》だけになっていた。

「マネージャーの仕事《しごと》も、はたから見《み》るほど楽《らく》じゃないしね。よっぽど、サッカーが好《す》きじゃないとつとまらないのよね」

早苗《さなえ》は、後輩《こうはい》の久美《くみ》のがんばりを見《み》つめながら、これまで一緒《いっしょ》にマネージャーをつづけてきたゆかりにいった。

そんななか、全国大会《ぜんこくたいかい》への第一歩《だいいっぽ》、その予選《よせん》となる静岡県大会《しずおかけんたいかい》の対戦組《たいせんく》み合《あ》わせが発表《はっぴょう》された。

前大会優勝校《ぜんたいかいゆうしょうこう》でシード権《けん》のある南葛中《なんかつちゅう》は、2回戦《かいせん》からの出場《しゅつじょう》。もう一校《いっこう》のシード権《けん》は、大友中《おおともちゅう》サッカー部《ぶ》にあたえられた。

大友中《おおともちゅう》には、小学生時代《しょうがくせいじだい》、南葛《なんかつ》SC《エスシー》で翼《つばさ》たちとチームメイトだった浦辺反次《うらべはんじ》や岸田猛《きしだたけし》、中山政男《なかやままさお》に西尾浩司《にしおこうじ》がいる。それだけでも、ひとすじなわではいかないのに、今年《ことし》はさらに新《あたら》しい選手《せんしゅ》が活躍《かつやく》しているらしい。

「なにびびってんだよ。そんなに気《き》になる相手《あいて》なら、大会前《たいかいまえ》に練習試合《れんしゅうじあい》組《く》んで、一度《いちど》たたいておけばいいんだよ」

あっけらかんという石崎《いしざき》に、翼《つばさ》は真剣《しんけん》な表情《ひょうじょう》のままでいった。

「でも、その大友中《おおともちゅう》が、ウチとの練習試合《れんしゅうじあい》をうけないんだ。そのかわり毎日《まいにち》のように、むこうから偵察隊《ていさつたい》がきてる……」

「なにィ！」

「それだけ、むこうは打倒南葛《だとうなんかつ》に燃《も》えてるってことだよ」

今年《こと し》は予選《よ せん》からきびしい試合《し あい》になりそうだ。

翼《つばさ》は、気持《き も》ちをひきしめた。

県大会《けんたいかい》にむけて、南葛中《なんかつちゅう》はきびしいトレーニングや練習試合《れんしゅうじ あい》をかさねていった。

ある日《ひ》、気《き》づくと、グラウンドのすみにまた何人《なんにん》かの大友中《おおともちゅう》の生徒《せい と》が偵察《てい さつ》にやってきていた。

たまたまその方向《ほうこう》にころがったボールを石崎《いしざき》がとりにいくと、そこにいたのは浦辺《うら べ》、岸《きし》田《だ》、中山《なかやま》、西尾《にしお》だった。

「おう！　なんだ、浦辺《うら べ》たちじゃねえかよ。ひさしぶりだな！　ちょっとボールとってくれよ」

元《もと》チームメイトに笑顔《え がお》で話《はな》しかける石崎《いしざき》。

けれど、浦辺《うら べ》は不敵《ふ てき》な面持《おも も》ちでいった。

「ほしけりゃ、自分《じ ぶん》でとりな」

「な……なにィ！」

「前《まえ》は同《おな》じチームだったが、いまじゃ敵同士《てきどうし》なんだ。あんまりなれなれしくすんなよ」

かつて、ともにたたかったチームメイトとは思《おも》えない、あまりにつめたい口《くち》ぶりだ。

石崎《いしざき》はカッとなって、いいかえした。

「なんだと、てめえら。おれたちがこわくて、練習試合《れんしゅうじあい》からも逃《に》げてるくせに！　えらそうな口《くち》、たたくんじゃねえよ!!」

「別《べつ》に、逃《に》げてるわけじゃねえよ。ただ、南葛《なんかつ》の連勝記録《れんしょうきろく》をとめるのは、みんなが見《み》てる県大会決勝《けんたいかいけっしょう》くらいがちょうどいいと思《おも》ってな」

「はァ？」

いまにもケンカになりそうな空気《くうき》だ。

そのとき、もうひとりの大友中《おおともちゅう》の少年《しょうねん》がわってはいった。

「まァまァ。どちらさんも、元《もと》チームメイトなんだ。そう、あつくならないで……」

少年《しょうねん》は、すわっていた塀《へい》から軽《かろ》やかにとびおりた。

そして、長《なが》めの髪《かみ》をなびかせて石崎《いしざき》の足元《あしもと》にあったボールにむかう。

「いつも南葛《なんかつ》の練習《れんしゅう》をただで見《み》せてもらってるんだ。たまにはうちの実力《じつりょく》も見《み》せてやりましょうよ。それっ！」

少年《しょうねん》は、石崎《いしざき》からボールをうばい、グラウンドの中央《ちゅうおう》にむけてけった。

とっさにそれを翼《つばさ》がうけとめると、そこに浦辺《うらべ》、岸田《きしだ》、中山《なかやま》、西尾《にしお》がなだれこみ、翼《つばさ》をかこんであっさりボールをうばった。

「あっ！　翼《つばさ》がボールをとられた……！」

南葛中《なんかつちゅう》のみんなに衝撃《しょうげき》が走《はし》った。

4人《にん》がかりとはいえ、まさか翼《つばさ》がボールをうばわれるなんて。

ざわつく南葛中《なんかつちゅう》メンバーをしりめに、すかさず浦辺《うらべ》が長《なが》めの髪《かみ》の少年《しょうねん》にパスをする。

「それ、新田《にった》！」

「はいっ！」

新田《にった》と呼《よ》ばれた少年《しょうねん》は、ボールを足《あし》に吸《す》いつけるようにぴたりとパスをうけとめて、シュートの体勢《たいせい》にはいった。

「いけっ！　おれの隼《はやぶさ》シュート!!」

ズサァァァ……ッ!!

南葛中《なんかつちゅう》サッカー部《ぶ》のゴールネットを、新田《にった》のシュートが揺《ゆ》らした。

不意《ふい》をつかれたとはいえ、南葛中《なんかつちゅう》キーパーの森崎有三《もりさきゆうぞう》は少《すこ》しも動《うご》けずにいた。

「どうだ、見《み》たか！　これが大友中《おおともちゅう》の実力《じつりょく》よ！　今年《ことし》の全国大会出場権《ぜんこくたいかいしゅつじょうけん》は、おれたちがもらうぜ！」

浦辺《うらべ》たちは、得意気《とくいげ》に宣言《せんげん》して帰《かえ》っていった。


夕《ゆう》ぐれの帰《かえ》り道《みち》、翼《つばさ》は考《かんが》えこんでいた。

みんなは、大友中《おおともちゅう》は4人《にん》がかりだったのだから翼《つばさ》がボールをとられてもしかたがないというけれど、翼《つばさ》はそうは思《おも》わなかった。

ボールをとられたのは、4人《にん》がかりでマークされたからだけではない。新田《にった》という少年《しょうねん》がけったボールをうけたときに、翼《つばさ》の足《あし》に強《つよ》いしびれが走《はし》ったからだ。

あんなしびれは、日向《ひゅうが》くんと激突《げきとつ》したとき以来《いらい》だ。新田《にった》といえば、たしか、南葛《なんかつ》SC《エスシー》の一《ひと》つ下《した》の後輩《こうはい》だったはず……。

南葛《なんかつ》SC《エスシー》は、南葛市《なんかつし》の各小学校《かくしょうがっこう》から選抜《せんばつ》されるメンバーでつくられたサッカーチーム。

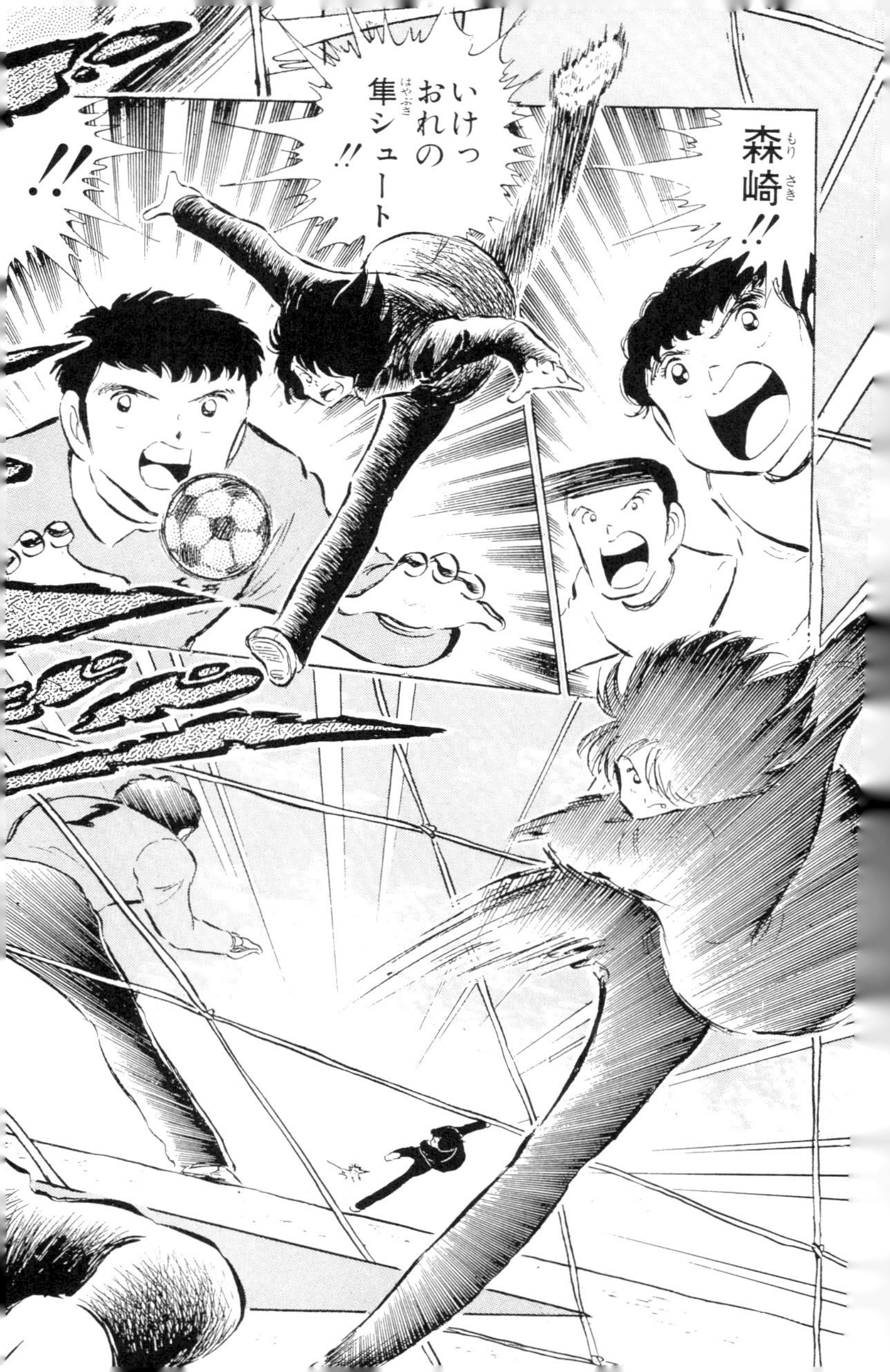
森崎《もりさき》!!
いけっ
おれの
隼《はやぶさ》シュート!!
!!

翼《つばさ》の代《だい》は6年生《ねんせい》が中心《ちゅうしん》だったため、5年生《ねんせい》の新田《にった》とはほとんど交流《こうりゅう》がなかった。

新田《にった》のことが気《き》になってしかたがない翼《つばさ》は、次《つぎ》の日《ひ》、南葛SC《なんかつエスシー》を訪《たず》ねることにした。


「こんにちは！」

「おー！　なんだ翼《つばさ》じゃないか！」

南葛SC《なんかつエスシー》の練習場《れんしゅうじょう》で城山正《しろやまただし》監督《かんとく》に声《こえ》をかけると、監督《かんとく》は明《あか》るい笑顔《えがお》を翼《つばさ》にむけた。

ひさしぶりの南葛SC《なんかつエスシー》だ。

さっそく新田《にった》のことをきくと、監督《かんとく》は小学生《しょうがくせい》時代《じだい》の彼《かれ》の活躍《かつやく》ぶりを教《おし》えてくれた。

翼《つばさ》や岬《みさき》、若林《わかばやし》など、そうそうたる選手《せんしゅ》たちが卒業《そつぎょう》したあとの南葛SC《なんかつエスシー》を支《ささ》えたのが、新田瞬《にったしゅん》だったという。

「新田《にった》は、おまえほどのサッカーセンスをもっているわけじゃない。ボールさばきも天《てん》と地《ち》ほどの差《さ》だ。でも、あいつは100メートルを11秒《びょう》で走《はし》る足《あし》の速《はや》さと、天性《てんせい》の足腰《あしこし》のバネをもっている。あいつが自《みずか》ら隼《はやぶさ》シュートと名《な》づけたシュートのキレも、すさまじいんだ」

監督《かんとく》は新田《にった》の才能《さいのう》をほこらしげに語《かた》って、それからつづける。

「おれは、今年《ことし》の県大会《けんたいかい》を楽《たの》しみにしている。おまえと新田《にった》。そして、この南葛《なんかつ》SC《エスシー》からわかれていった南葛中《なんかつちゅう》と大友中《おおともちゅう》の対決《たいけつ》をな。はっきりいって、今年《ことし》の全国大会出場《ぜんこくたいかいしゅつじょう》はそうあまくないぞ！」

城山監督《しろやまかんとく》はワクワクした表情《ひょうじょう》で、翼《つばさ》をしったげきれいした。

「はい！」

翼《つばさ》は力強《ちからづよ》くこたえると、南葛《なんかつ》SC《エスシー》の後輩《こうはい》たちに大《おお》きく手《て》をふった。

「みんな、全国大会《ぜんこくたいかい》めざして、がんばれよ!!」

「翼先輩《つばさせんぱい》もがんばってください!!」

後輩《こうはい》たちは、憧《あこが》れの先輩《せんぱい》からのはげましにドキドキしながら元気《げんき》にこたえた。


その帰《かえ》り道《みち》、翼《つばさ》はひとりの女《おんな》の子《こ》とばったり会《あ》った。

1年生《ねんせい》マネージャーの久美《くみ》だ。

「どうして、キミがここに？」

翼《つばさ》に憧《あこが》れている久美《くみ》は、翼《つばさ》が南葛《なんかつ》SC《エスシー》の練習場《れんしゅうじょう》にいったと聞《き》きつけてやってきていた。

でも、質問《しつもん》にはこたえずに、翼《つばさ》にまとわりついた。

「翼先輩《つばさせんぱい》は、どこにいくんですか？」

「おれはちょっとスパイクを見《み》に……」

「じゃあ、わたしもそこにいきます！」

ついてこようとする久美《くみ》に翼《つばさ》がこまっていると、そこに地《じ》ひびきのような足音《あしおと》と声《こえ》が聞《き》こえてきた。

「大友中《おおともちゅう》、ファイト！」

「おう！」

「大友中《おおともちゅう》、ファイト！」

「おう！」

大友中《おおともちゅう》サッカー部《ぶ》の部員《ぶいん》たちだった。

部長《ぶちょう》の浦辺《うらべ》が全部員《ぜんぶいん》をひきいてランニングしていて、みんな、きびしい顔《かお》つきだ。

翼《つばさ》が目《め》をとめると、浦辺《うらべ》も気《き》づいて足《あし》をとめた。

「ハハハ。さすが全国大会《ぜんこくたいかい》２連覇《れんぱ》してると余裕《よゆう》だな。予選《よせん》が近《ちか》いっていうのに、彼女《かのじょ》と楽《たの》しくデートかい？」

浦辺《うらべ》は、いやみっぽくからかって、それから強《つよ》くいいはなった。

「昨日《きのう》、おれたちの『力《ちから》』を見《み》せてやったはずなのに、ちっともこたえてないようだな！　いいか、翼《つばさ》！　県大会《けんたいかい》じゃ、そんな高慢《こうまん》ちきな態度《たいど》をもう二度《にど》ととれなくさせてやるからな！」

「浦辺《うらべ》……」

ぶつけられたはげしい言葉《ことば》に、翼《つばさ》は言葉《ことば》を失《うしな》った。

浦辺《うらべ》はランニングを再開《さいかい》して、部員《ぶいん》とともに走《はし》りさっていく。

そして、去《さ》り際《ぎわ》には新田《にった》が声《こえ》をかけてきた。

「なんだか勝負《しょうぶ》はもう見《み》えたようですね。でも、決勝《けっしょう》までは勝《か》ちのこってくださいよ、翼《つばさ》先輩《せんぱい》！」

翼《つばさ》は、小《ちい》さくなっていく大友中《おおともちゅう》の選手《せんしゅ》たちのうしろすがたを見《み》つめた。

ここから大友中《おおともちゅう》までは軽《かる》く30キロはある。彼《かれ》らはこれを毎日《まいにち》……。あのスピードはこういう日々《ひび》の努力《どりょく》から生《う》まれているのか。

こうしてはいられない、と翼《つばさ》は思《おも》った。

「キミ、悪《わる》いけど、今日《きょう》はこれで」

久美《くみ》にわかれを告《つ》げて、翼《つばさ》もその場《ば》を走《はし》りさった。


翼《つばさ》がむかったのは、少年《しょうねん》サッカー場《じょう》だった。

南葛市《なんかつし》に引《ひ》っ越《こ》してきた翼《つばさ》が最初《さいしょ》にサッカーをした場所《ばしょ》で、仲間《なかま》たちと出会《であ》った場所《ばしょ》でもある。


ダダダダダダダダ……ッ！

翼《つばさ》はひとりきり、息《いき》をきらしてドリブルをつづけた。

浦辺《うらべ》と新田《にった》の言葉《ことば》を聞《き》いて、目《め》が覚《さ》める思《おも》いだった。

けんめいにランニングする大友中《おおともちゅう》サッカー部員《ぶいん》たちの姿《すがた》が、頭《あたま》からはなれなかった。

じりじりとしたあせりが心《こころ》のなかににじんでいく。

そうだ。おれたちは……。おれたちには、どこかに油断《ゆだん》があった。

油断《ゆだん》してないつもりでも、試合《しあい》に勝《か》つことになれてしまって、自分《じぶん》たちはいつでも勝《か》てると思《おも》う心《こころ》が生《う》まれてしまっていた。

それは余裕《よゆう》じゃなくて、うぬぼれだ！

そんなうぬぼれを消《け》すためには、やっぱり練習《れんしゅう》しかない。練習《れんしゅう》して、もっともっと自分《じぶん》の力《ちから》を向上《こうじょう》させて、そして、うぬぼれを自信《じしん》にかえていくしかないんだ!!

たるんでいた自分《じぶん》への怒《いか》りをこめて、翼《つばさ》はシュートをくりだした。

ハア、ハア、ハア……

大《おお》きく肩《かた》を揺《ゆ》らして息《いき》をつく。

すると、そんな翼《つばさ》にタオルがさしだされた。

「はい」

「マネージャー……」

早苗《さなえ》だった。

翼《つばさ》は、早苗《さなえ》には「どうして、キミがここに？」とはいわなかった。

すべてお見通《みとお》しというように、早苗《さなえ》が微笑《ほほえ》んだからだ。

近《ちか》ごろは、いつだってこうなのだ。

「さァ、汗《あせ》をふいて。もうひとがんばりするんでしょう？」

うなずくように翼《つばさ》も微笑《ほほえ》んで、また自主練習《じしゅれんしゅう》をはじめた。

「よし、いくぞ！」


それからというもの翼《つばさ》は、毎日《まいにち》の練習《れんしゅう》にも、さらにきびしくのぞんだ。

「シュートがういてるぞ！　ボールを最後《さいご》までよく見《み》ろ！」

「どうした、みんな！　気合《きあ》いがたりないぞ！　そんなことじゃ、予選《よせん》を勝《か》ちぬけないぞ!!」

突然《とつぜん》の変化《へんか》に、南葛《なんかつ》ＳＣ《エスシー》からのチームメイトである来生哲兵《きすぎてっぺい》や滝一《たきはじめ》がおどろく。

「どうしたんだろう、翼《つばさ》。最近《さいきん》えらくきびしくなった」

「このあいだの大友中《おおともちゅう》のことが、こたえてるのかな」

そう言葉《ことば》をもらすふたりを翼《つばさ》は注意《ちゅうい》した。

「こらっ！　そこのふたり、むだ口《ぐち》をたたいてるひまがあったら、かけ声《ごえ》をだせ！」

「よし、次《つぎ》は、２グループにわかれて５対《たい》４の練習《れんしゅう》だ！」

あまりのきびしさに、はいったばかりの１年生《ねんせい》はバテて動《うご》けなくなっていた。

「おい、翼《つばさ》。ちょっととばしすぎだぜ」

見《み》かねた石崎《いしざき》が意見《いけん》しても、やめようとしない。

「聞《き》こえなかったのか？　次《つぎ》は５対《たい》４だ」

石崎《いしざき》たちと同《おな》じく南葛《なんかつ》ＳＣ《エスシー》からの仲間《なかま》、井沢守《いざわまもる》も口《くち》をだした。

「なにムキになってるんだよ、翼《つばさ》。いまはこんなハードな練習《れんしゅう》をするより、予選《よせん》にそなえて、体調《たいちょう》をととのえたほうがいいんじゃないのか」

それはそれで、まちがいではなかった。なにしろ、あと10日で県大会《けんたいかい》がスタートするのだから。

けれども、翼《つばさ》は、きっぱりといいはなった。

「こんな練習《れんしゅう》がハードだと感《かん》じるようじゃ、まだまだ体調《たいちょう》をととのえるどころじゃないんじゃないかな。予選《よせん》、それに全国大会《ぜんこくたいかい》となれば、真夏《まなつ》の太陽《たいよう》のもとでたたかわなければならないんだ。こんなことで、音《ね》をあげてちゃ、3連覇《れんぱ》なんてとうていムリだぞ」

「そんなこといっても、おれたちは、おまえみたいなスーパーマンじゃねえんだ。ちっとは後輩《こうはい》のことも考《かんが》えろよ」

石崎《いしざき》がいいきかせようとしても、翼《つばさ》は聞《き》かない。

「さァ、みんな。次《つぎ》は5対《たい》4の練習《れんしゅう》だ！」

「て……てめえ、翼《つばさ》！」

ピリピリとした空気《くうき》がグラウンドに流《なが》れた。

そのとき、場《ば》を制《せい》するように、監督《かんとく》の古尾谷猛《ふるおやたけし》が指示《しじ》をだした。

「ふたりとも、やめろ！　休憩《きゅうけい》のあと、3年生《ねんせい》のレギュラー対《たい》1、2年生《ねんせい》の紅白試合《こうはくじあい》をやるぞ。翼《つばさ》、おまえは1、2年生《ねんせい》のチームにはいれ」

「えっ？」

部員《ぶいん》たちはどよめいた。

なぜ、翼《つばさ》が1、2年生《ねんせい》のチームに？

ただ、翼《つばさ》だけはしっかりと返事《へんじ》をした。

「はい！」

休憩中《きゅうけいちゅう》、3年生《ねんせい》のメンバーは、翼《つばさ》のことを話《はな》しあっていた。

「翼《つばさ》は、ちょっと、神経質《しんけいしつ》すぎるんだよ」

「今度《こんど》の大会《たいかい》は、たしかにV3《ヴィスリー》がかかった大事《だいじ》な大会《たいかい》だけど、気負《きお》いすぎて大会前《たいかいまえ》から身体《からだ》をこわしたら、もともこもないもんな」

「そうだよ。おれたちだって、おれたちなりにベストをつくしてるんだ」

石崎《いしざき》、井沢《いざわ》、来生《きすぎ》、滝《たき》に、高杉真吾《たかすぎしんご》、森崎《もりさき》といった南葛SC《なんかつエスシー》からの仲間《なかま》が加《くわ》わって口々《くちぐち》にいう。

昔《むかし》から翼《つばさ》と一緒《いっしょ》にやってきたみんなは、いつだってサッカーのことを第一《だいいち》に考《かんが》えている翼《つばさ》の気持《きも》ちをよくわかっているつもりだった。でも、だからこそ、どこかで「翼《つばさ》の〝サッカーバカ〟がまたはじまったぞ」とも感《かん》じていた。

翼《つばさ》は翼《つばさ》。おれたちはおれたち。みんながみんな翼《つばさ》のようにプレーできるわけじゃないけど、自分《じぶん》たちなりにここまでたたかって、ちゃんと強《つよ》くなってきたんだ。翼《つばさ》にいわれなくても自分《じぶん》のベストは自分《じぶん》できめられる。

そんな風《ふう》に考《かんが》えていた。

でも、そこに早苗《さなえ》がきて、ぽつりという。

「本当《ほんとう》にそうかしら」

「どういう意味《いみ》だよ」

石崎《いしざき》がききかえすと、早苗《さなえ》はしずかにいった。

「ただ……目《め》がちがうと思《おも》って。翼《つばさ》くんの目《め》と、いまのみんなの目《め》はなんだかちがって見《み》えるの」

「……」

その言葉《ことば》の意味《いみ》はよくわからなかった。

けれど、もやもやとしたものが石崎《いしざき》たちの心《こころ》にじんわりひろがっていった。

休憩時間《きゅうけいじかん》が終《お》わり、紅白試合《こうはくじあい》がはじまった。

翼抜《つばさぬ》きでもしっかりたたかえることを証明《しょうめい》しようと、3年生《ねんせい》レギュラーチームは、気合《きあ》いがみなぎっていた。

「翼《つばさ》はおれたちの戦力《せんりょく》を心配《しんぱい》しているようだが、十分《じゅうぶん》たたかえるとこを見《み》せてやろうぜ！」

対《たい》して、翼《つばさ》は1、2年生《ねんせい》をひきいてのぞんでいく。

キックオフは3年生《ねんせい》チームから。滝《たき》からのパスをうけて、井沢《いざわ》がドリブルできりこんでいく。

「なめるな！　おまえら、1、2年《ねん》のタックルが通用《つうよう》するわけないだろ！」

スライディング・タックルをしかけてくる後輩《こうはい》たちをけちらす井沢《いざわ》。

すかさずそこに翼《つばさ》が走《はし》りこむ。

「井沢《いざわ》、キミのボールキープはまだまだあまいぞ！」

「なにィ！」

ビシィ……ッ
井沢《いざわ》の足元《あしもと》、そのボールにだけジャストミートして、翼《つばさ》はボールをうばった。

「気《き》をつけろ。いまみたいに中盤《ちゅうばん》でボールカットされるのが、一番得点《いちばんとくてん》されやすいんだぞ」

翼《つばさ》は、冷静《れいせい》な声《こえ》で井沢《いざわ》にアドバイスしながら後輩《こうはい》にパスをだした。

そのボールを後輩《こうはい》がトラップミスして、今《こん》度《ど》は滝《たき》にわたる。

滝《たき》は、得意技《とくいわざ》のライン際《ぎわ》のドリブルをくりだそうとする。

けれども、それも翼《つばさ》がカットした。

「滝《たき》、キミはその得意技《とくいわざ》にたよりすぎだ！もっとちがったパターンの攻撃《こうげき》も考《かんが》えろ！」

「わっ」

「滝《たき》!!」

スライディングをうけた滝《たき》がたおれこんだのを見《み》て、来生《きすぎ》が声《こえ》をあげた。

すると、その瞬間《しゅんかん》、翼《つばさ》が来生《きすぎ》の名《な》を叫《さけ》ぶ。

「来生《きすぎ》ッ！　まわりを見《み》ろ！　後輩《こうはい》たちにそんなに簡単《かんたん》にマークされてどうする！　滝《たき》のクロスをうけるつもりだったら、もっと動《うご》いて、自分《じぶん》のスペースをつくるんだ！」

ハッとして来生《きすぎ》がまわりを見《み》まわすと、翼《つばさ》のいうとおり、来生《きすぎ》は後輩《こうはい》たちにかこまれていた。

翼《つばさ》は、プレーしながらメンバーの動《うご》きをするどく見《み》さだめて、気《き》づいたことをどんどん注意《ちゅうい》していった。

石崎《いしざき》はそんな翼《つばさ》を見《み》て、「目《め》がちがう」というさっきの早苗《さなえ》の言葉《ことば》を思《おも》いだした。

でも、負《ま》けてなんていられない。おれたちだって、小学生時代《しょうがくせいじだい》から数《かぞ》えれば全国大会《ぜんこくたいかい》で

3連覇《れんぱ》してきた選手《せんしゅ》なんだから！

「とめるぞ、高杉《たかすぎ》!!」

「おう！」

高杉《たかすぎ》とふたり、気合《きあ》いをいれて翼《つばさ》につっこんでいく。

けれども、翼《つばさ》は、まるでかべをすりぬけるように、ふたりのあいだを走《はし》りぬけていった。

「あまい！　そんなことで南葛《なんかつ》ゴールを守《まも》れると思《おも》うのか、ＤＦ《ディフェンダー》！」

翼《つばさ》は、そのままのいきおいでシュートをはなち、あっさりゴールをきめた。

ズサァァアッ！

「キーパー森崎《もりさき》！　こんなシュート、若林《わかばやし》くんなら、軽《かる》く胸《むね》でキャッチしてるぞ！」

翼《つばさ》はゴールをきめてもなお、きびしくげきをとばした。

ハァ、ハァ、ハァ……

誰《だれ》よりはげしく息《いき》をきらしているのは翼《つばさ》だった。

ひとみのなかに強《つよ》くてまっすぐな光《ひかり》がやどっているが、必死《ひっし》の表情《ひょうじょう》だった。

みんなは、一瞬《いっしゅん》、息《いき》をのんだ。

その姿《すがた》がまるで、戦場《せんじょう》のなかで、たったひとりでたたかっている戦士《せんし》のようだったからだ。

とくに石崎《いしざき》たちは、ほおに平手打《ひらてう》ちをくらった気分《きぶん》になった。

おれたちだって、おれたちなりにベストを

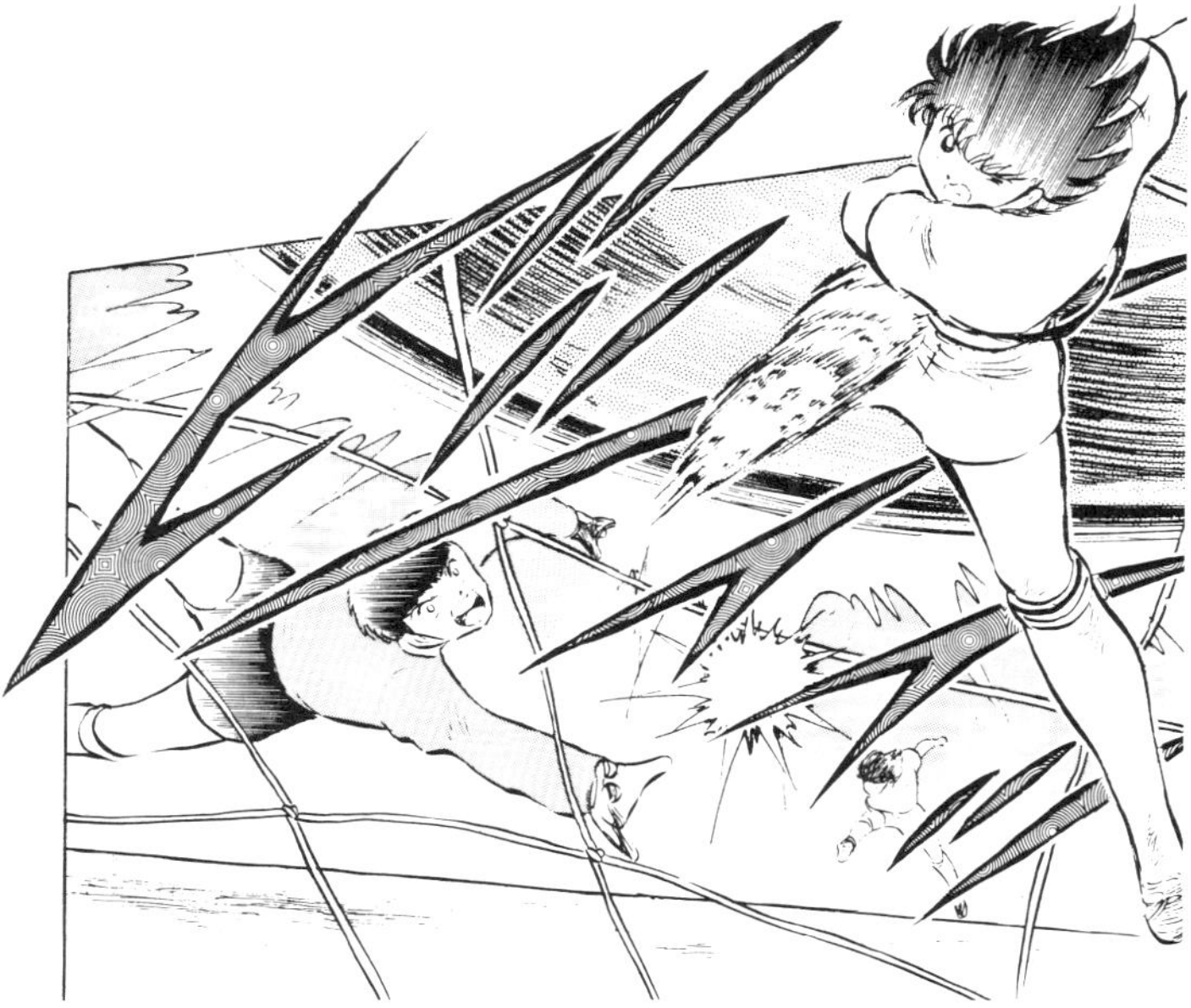

つくしてる、だって？　まちがいなくサッカーの天才《てんさい》である翼《つばさ》ですら、こんなに必死《ひっし》になっているのに、なんてバカなことをいったんだろう。まだまだやれることは山《やま》ほどあるのに。それに、おれたちのキャプテンをこんなに孤独《こどく》にたたかわせて……。

石崎《いしざき》は「ごめん！」という気持《きも》ちをこめて、元気《げんき》にかけ声《ごえ》をだした。

「よし！　翼《つばさ》、やるぞ!!」

部員《ぶいん》たちがその声《こえ》につづく。

「まだまだ、これからだ！　もういっちょう、こい！」

「翼《つばさ》！　今度《こんど》は必《かなら》ずとめてやる！」

「おう！　おれだって、もうボールカットされやしないぜ！」

「今度《こんど》はとってやる！」

波紋《はもん》のように翼《つばさ》の思《おも》いがみんなに伝《つた》わって、みんなの思《おも》いが翼《つばさ》に伝《つた》わっていった。

「みんな……」

うれしさに声《こえ》を震《ふる》わせながらも、翼《つばさ》はすぐに、きびしい表情《ひょうじょう》で紅白試合《こうはくじあい》を再開《さいかい》していった。

「どうやらやっと、みんな本気《ほんき》になってきたようだな」

部員《ぶいん》たちの様子《ようす》を見《み》て古尾谷監督《ふるおやかんとく》がいうと、早苗《さなえ》も微笑《ほほえ》んだ。

「ええ。みんなの目《め》が翼《つばさ》くんのように、かがやいてきました」


それから10日《か》ほどがたった。

いよいよ全国大会予選《ぜんこくたいかいよせん》、静岡県大会《しずおかけんたいかい》の開会式《かいかいしき》がはじまろうとしている。

サッカーが盛《さか》んな静岡県《しずおかけん》でしのぎをけずるのは１０４の中学校《ちゅうがっこう》。

いま、その頂点《ちょうてん》にいるのが、南葛中《なんかつちゅう》だ。

翼《つばさ》が入部《にゅうぶ》して以来《いらい》、公式戦《こうしきせん》、練習試合《れんしゅうじあい》ともに負《ま》けなしの南葛中《なんかつちゅう》サッカー部《ぶ》。この王者《おうじゃ》を１０３校《こう》がけんめいに追《お》う大会《たいかい》となる。

優勝旗《ゆうしょうき》の返還《へんかん》を行《おこな》うのはもちろん、翼《つばさ》だ。

昨年度優勝校《さくねんどゆうしょうこう》のキャプテンとして、大《おお》きな旗《はた》をかかげて、堂々《どうどう》とセレモニーをこなしていく。

１回戦《かいせん》に出場《しゅつじょう》するチームの試合《しあい》はその日《ひ》のうちにはじまるが、シード権《けん》のある南葛中《なんかつちゅう》は

2回戦《かいせん》、大会《たいかい》5日目《かめ》からの出場《しゅつじょう》となる。

「よし、われわれは学校《がっこう》に帰《かえ》って練習《れんしゅう》だ。それと翼《つばさ》、今朝《けさ》こんなものが学校《がっこう》あてにとどいていたぞ」

開会式《かいかいしき》が終《お》わると、古尾谷監督《ふるおやかんとく》はみんなに声《こえ》をかけ、それから翼《つばさ》にある紙《かみ》をわたした。

きょとんとしながら翼《つばさ》が紙《かみ》を開《ひら》くと、それは若林源三《わかばやしげんぞう》からの国際電報《こくさいでんぽう》だった。

『ツバサ・ソレニ・ナンカツノミンナ・ゼンコクタイカイ・ヴィスリー・ガンバレ・トオク・ドイツカラ・オウエンスル　ワカバヤシゲンゾウ』

「わ、若林《わかばやし》くん……！」

翼《つばさ》が声《こえ》をあげると、みんなも集《あつ》まってくる。

若林《わかばやし》がドイツにいって3年目《ねんめ》。それでもまだ、かつて南葛《なんかつ》SC《エスシー》で一緒《いっしょ》にサッカーをした仲間《なかま》たちを応援《おうえん》してくれている。

南葛中《なんかつちゅう》のメンバーたちは、そのうれしさを勇気《ゆうき》に変《か》えていった。

そして、大会《たいかい》に南葛中《なんかつちゅう》と大友中《おおともちゅう》が登場《とうじょう》する日《ひ》がきた。

第《だい》1試合《しあい》は、大友中《おおともちゅう》VS《バーサス》藤沢中《ふじさわちゅう》。

大友中《おおともちゅう》の試合《しあい》を見《み》るのがはじめての翼《つばさ》たちは、そのたたかいに注目《ちゅうもく》した。

目《め》をひくのは、やっぱり新田《にった》のプレーだ。

足《あし》の速《はや》さ、身《み》のこなし、シュートのキレが抜群《ばつぐん》で、キックオフ早々《そうそう》、隼《はやぶさ》シュートでゴールをきめる。

守《まも》りをかためる浦辺《うらべ》たちのプレーも、かつてよりぐんとレベルアップしていた。

大友中《おおともちゅう》は、前回《ぜんかい》ベスト8《エイト》の実力《じつりょく》をもつ藤沢中《ふじさわちゅう》に5対《たい》0の大差《たいさ》で勝利《しょうり》をおさめる結果《けっか》となった。

その強《つよ》さを、南葛中《なんかつちゅう》メンバーたちは、真剣《しんけん》にうけとめた。

そして、つづく第《だい》2試合《しあい》は、南葛中《なんかつちゅう》の試合《しあい》。

場内《じょうない》アナウンスで、その名《な》がコールされると会場《かいじょう》のボルテージがあがった。

ふくらむ歓声《かんせい》につつまれながら、翼《つばさ》は思《おも》う。

いよいよ、おれの中学生活《ちゅうがくせいかつ》最後《さいご》の……日本《にほん》での最後《さいご》の夏《なつ》がはじまったんだ！

❷ 新《あたら》しい才能《さいのう》

夏《なつ》の空《そら》にキックオフを知《し》らせるホイッスルの音《おと》がひびいた。

南葛中《なんかつちゅう》にとってこの大会《たいかい》の最初《さいしょ》の対戦相手《たいせんあいて》は、伊藤中《いとうちゅう》だ。

翼《つばさ》がたてつづけにシュートをきめて、南葛中《なんかつちゅう》は2点《てん》を先取《せんしゅ》した。

それから一気《いっき》に翼《つばさ》のマークがきびしくなるが、すかさずフリーになったメンバーにパスをまわして、さらに追加点《ついかてん》をあげていく。

練習試合《れんしゅうじあい》より、公式戦《こうしきせん》でさらにエネルギーを爆発《ばくはつ》させるのが南葛中《なんかつちゅう》のプレーだ。

そのたたかいぶりを見《み》て、スタンドで大友中《おおともちゅう》のメンバーたちが分析《ぶんせき》をはじめていた。

「南葛《なんかつ》は、本番《ほんばん》になると、断然動《だんぜんうご》きがよくなるんだよね」

「ああ、そこが南葛《なんかつ》の強《つよ》さの一《ひと》つだ」

「その上《うえ》、フォーメーションにすきがない。攻《せ》めと守《まも》りのバランスがいいんだ」

感心《かんしん》するメンバーたちの会話《かいわ》をキャプテンの浦辺《うらべ》がまとめる。

「でもまァ、完璧《かんぺき》なチームに見《み》えても、結局《けっきょく》は翼《つばさ》さ。攻《せ》めも守《まも》りもすべて翼《つばさ》を中心《ちゅうしん》にまわってるんだ。だから、翼《つばさ》さえ、おさえられれば……絶対《ぜったい》に勝《か》てる！」

浦辺《うらべ》たちのうしろから声《こえ》がしたのは、そのときだった。

「しかし、その翼《つばさ》ひとりをおさえるというのが、一番《いちばん》むずかしいのさ」

ふりかえると、そこにいたのは――。

「日向小次郎《ひゅうがこじろう》!!」

これまで2大会連続《たいかいれんぞく》で全国大会優勝《ぜんこくたいかいゆうしょう》の座《ざ》を南葛中《なんかつちゅう》にうばわれて、準優勝《じゅんゆうしょう》にあまんじてきた東邦学園《とうほうがくえん》。そのキャプテンの日向《ひゅうが》だった。

「翼《つばさ》の強《つよ》さは、2年連続準優勝《ねんれんぞくじゅんゆうしょう》に泣《な》いたこのおれが、一番《いちばん》よく知《し》っている。でも、今年《ことし》はちがう！　今年《ことし》のウチは、チーム力《りょく》では絶対《ぜったい》に南葛《なんかつ》より上《うえ》だ！　サッカーとは、一番《いちばん》うまい選手《せんしゅ》のいるチームではなく、チームの総合力《そうごうりょく》が一番強《いちばんつよ》いチームが勝《か》つ。今年《ことし》、それを証明《しょうめい》してやるぜ！」

日向《ひゅうが》から「チーム力《りょく》」という言葉《ことば》がでることじたい、昔《むかし》なら考《かんが》えられないことだった。

けれど、浦辺《うらべ》は、日向《ひゅうが》の言葉《ことば》をうけながした。

「そうかい。でもな、翼《つばさ》のいる南葛中《なんかつちゅう》をはじめてやぶるのは、おれたち大友中《おおともちゅう》だぜ」

すると、日向《ひゅうが》はたわ言《ごと》を聞《き》いたかのように笑《わら》った。

「ハッハハハ。そいつはムリだな」

そんな日向《ひゅうが》に新田《にった》が鋭《するど》くきりかえす。

「日向《ひゅうが》さんよ。そういうことは一度《いちど》でも日本一《にほんいち》になってからいうんだな」

「なにィ」

日向《ひゅうが》がにらんでも、新田《にった》は堂々《どうどう》とつづけた。

「いっておくけど、おれは、なったことあるぜ。あんたの出身《しゅっしん》チーム明和《めいわ》FC《エフシー》、そして、あんたのまな弟子《でし》沢田《さわだ》タケシをやぶって、小学生時代《しょうがくせいじだい》に日本一《にほんいち》になったんだ。おれは新田《にった》瞬《しゅん》、よく覚《おぼ》えときな！」

日向《ひゅうが》と新田《にった》がスタンドで火花《ひばな》をちらしているあいだに、後半戦《こうはんせん》に突入《とつにゅう》した南葛中《なんかつちゅう》は追加《ついか》点《てん》をかさねていた。

そして、試合終了直前《しあいしゅうりょうちょくぜん》に、石崎《いしざき》がダイビングヘッドでシュートをきめた。

南葛中《なんかつちゅう》の初戦《しょせん》は、6対《たい》0で大勝利《だいしょうり》のまま終《お》わった。

今年《ことし》こそは、必《かなら》ずたおしてみせる。

あいかわらず見事《みごと》な翼《つばさ》のサッカーに、日向《ひゅうが》は熱《あつ》く闘志《とうし》を燃《も》やしていた。


それから南葛中《なんかつちゅう》は、3回戦《かいせん》、4回戦《かいせん》、準々決勝《じゅんじゅんけっしょう》、準決勝《じゅんけっしょう》と順調《じゅんちょう》に勝《か》ちすすんでいった。

一方《いっぽう》、大友中《おおともちゅう》もあぶなげなく勝利《しょうり》をあげた。

そして、ついに両校《りょうこう》がぶつかるときがきた。決勝戦《けっしょうせん》だ。

さァ、やってきました。

全国中学生《ぜんこくちゅうがくせい》サッカー大会《たいかい》、静岡県大会決勝《しずおかけんたいかいけっしょう》です！

優勝候補《ゆうしょうこうほ》にあげられていた両《りょう》チームが、ベストメンバーをそろえてのぞむ一戦《いっせん》。

はたして、県大会《けんたいかい》を制《せい》するのはどちらのチームか……!?


実況《じっきょう》のアナウンサーが会場《かいじょう》をもりあげると、スタンドで両校《りょうこう》の応援団《おうえんだん》による応援合戦《おうえんがっせん》がはじまる。

翼《つばさ》は、試合直前《しあいちょくぜん》の作戦会議《さくせんかいぎ》で、自分《じぶん》を新田《にった》のマークにつかせてほしいと監督《かんとく》に提案《ていあん》した。

浦辺《うらべ》たちのかたい守《まも》りからつながっていく新田《にった》のカウンターを防《ふせ》ぐ作戦《さくせん》だ。

それに翼《つばさ》は、新田《にった》の攻撃《こうげき》を真正面《ましょうめん》からうけてたちたいとも思《おも》っていた。

翼《つばさ》も新田《にった》もどちらも南葛《なんかつ》ＳＣ《エスシー》の元《もと》キャプテン。南葛《なんかつ》ＳＣ《エスシー》の後輩《こうはい》たちも応援《おうえん》にかけつけている会場《かいじょう》で、正々堂々《せいせいどうどう》ぶつかりあうのだ。

ピィイイイイ！

キックオフを告《つ》げるホイッスルが高《たか》らかに鳴《な》った。

南葛中《なんかつちゅう》ボールからのスタートだ。

いつもなら積極的《せっきょくてき》に攻《せ》めこむ翼《つばさ》が守《まも》りのポジションについたのに気《き》づいて、大友中《おおともちゅう》のメンバーがおどろきの声《こえ》をあげる。

「どういうことだ!?　翼《つばさ》は攻《せ》めてこないのか？」

ざわつく浦辺《うらべ》たち。

それを来生《きすぎ》があおり、攻《せ》めこんでいく。

「翼《つばさ》が前《まえ》にでなくとも、おまえたちの相手《あいて》はおれたちで、十分《じゅうぶん》だ。いくぞ！」

「なんだと！　なめやがって！」

大友中《おおともちゅう》カルテットとうたわれるＭＦ《ミッドフィルダー》浦辺《うらべ》、岸田《きしだ》、ＤＦ《ディフェンダー》中山《なかやま》、西尾《にしお》にむかう、南葛中《なんかつちゅう》の来生《きすぎ》、滝《たき》、井沢《いざわ》。それは、かつての南葛《なんかつ》ＳＣ《エスシー》チームメイト同士《どうし》の対決《たいけつ》でもあった。

南葛《なんかつ》ＳＣ《エスシー》時代《じだい》に全国大会《ぜんこくたいかい》の優秀選手《ゆうしゅうせんしゅ》に選《えら》ばれた来生《きすぎ》たちにくらべると、少《すこ》し目立《めだ》たない存在《そんざい》だった浦辺《うらべ》たち。そのくやしさをバネに打倒《だとう》南葛《なんかつ》に燃《も》えてきた浦辺《うらべ》たちは、はげしい思《おも》いをこめてボールをカットした。

それから、すばやく新田《にった》へパスをまわす。
大友中《おおともちゅう》の必勝《ひっしょう》パターンだ。
でも、そこにぴたりと翼《つばさ》がマークにつく。
こい、新田《にった》。おまえの挑戦《ちょうせん》、うけてやるぞ！
翼《つばさ》が強《つよ》く見《み》つめると、新田《にった》も熱《あつ》く、にらみかえした。
おれはこのときを待《ま》っていた！
早《はや》くも翼《つばさ》と新田《にった》が激突《げきとつ》した。
その姿《すがた》には、まるで猛《もう》スピードでとぶ隼《はやぶさ》とタカがあいまみえたような美《うつく》しさがあった。
この1対《たい》1の対決《たいけつ》を制《せい》したのは……。

ああ～っと！
せりかったのは先輩格《せんぱいかく》の大空翼《おおぞらつばさ》だァ！

新田《にった》からあざやかにボールをうばった翼《つばさ》は、ドリブルで敵陣《てきじん》にきりこんでいく。

「よし、このまま攻《せ》めるぞ！　みんな！」

ふたたび、待《ま》ちうけているのは、今大会失《こんたいかいしっ》点《てん》ゼロをほこる大友中《おおともちゅう》カルテットだ。

４人《にん》は翼《つばさ》のスピードと意外性《いがいせい》のあるフェイントに対応《たいおう》できるように、この１年《ねん》、猛練習《もうれんしゅう》を積《つ》んできていた。だから、南葛中《なんかつちゅう》のグラウンドでひと悶着《もんちゃく》あったときに翼《つばさ》からボールをうばうことができたのだ。

その成果《せいか》を見《み》せるときはいまとばかりに、大友中《おおともちゅう》カルテットは、自信《じしん》をもって翼《つばさ》にむかった。

「翼《つばさ》！　抜《ぬ》けるもんなら、抜《ぬ》いてみろ！」

翼《つばさ》もこのあいだのようにいかせはしない、と4人《にん》を見《み》すえた。

けれども……。

大友中《おおともちゅう》カルテットの守《まも》りはかたく、翼《つばさ》がフェイントをしかけようとしても、どの方向《ほうこう》にもすきがなかった。

翼《つばさ》はとっさに、石崎《いしざき》にバックパスをおくった。それ以外《いがい》、抜《ぬ》け道《みち》がなかったのだ。

そのあと、ノーマークの井沢《いざわ》にボールがわたって、南葛中《なんかつちゅう》はシュートのチャンスをものにするも、大友中《おおともちゅう》キーパーの一条勇《いちじょういさむ》にがっちりおさえられてしまった。

攻《せ》めこむすきを見《み》つけられず、どんどん南葛中《なんかつちゅう》のプレーがさがり気味《ぎみ》になっていく。ほとんど南葛中《なんかつちゅう》がボールをキープしているのに、まるで、おされているかのような展開《てんかい》だ。

南葛中《なんかつちゅう》を偵察《ていさつ》にきた者《もの》たちの注目《ちゅうもく》も、次第《しだい》に大友中《おおともちゅう》にうつっていく。

たとえば、長崎《ながさき》からはるばるやってきた比良戸中《ひらどちゅう》のキャプテン次藤洋《じとうひろし》は、大友中《おおともちゅう》カルテットとキーパーの守《まも》り、そして、新田《にった》のプレーのバランスに目《め》をみはっていた。

攻守《こうしゅ》をともに担《にな》う翼《つばさ》に対《たい》して、大友中《おおともちゅう》は攻守《こうしゅ》の分担《ぶんたん》がはっきりしている。その分《ぶん》、FW《フォワード》

の新田《にった》はアグレッシブな攻《せ》めに集中《しゅうちゅう》できるのだ。

「こい、翼先輩《つばさせんぱい》！　いまのおれの力《ちから》じゃ、あんたは抜《ぬ》けないかもしれない。でも、おれには、こういう手《て》もあるんだぜ！」

ぴたりと自分《じぶん》のマークにつく翼《つばさ》にむかって、新田《にった》は、なんとシュートの体勢《たいせい》にはいった。

「くらえ――――っ！」

翼《つばさ》は目《め》の前《まえ》にものすごいいきおいで迫《せま》ってくるボールに、目《め》を見《み》ひらいた。

ボールは、ビュワッッと音《おと》を立《た》てて風《かぜ》をきって、翼《つばさ》の顔《かお》をかすっていく。

ペナルティエリアの外《そと》からの突然《とつぜん》のシュートだ。

おっと、大友中《おおともちゅう》ＦＷ《フォワード》新田瞬《にったしゅん》が
ここで強引《ごういん》に隼《はやぶさ》シュートにもっていったアァァ！
南葛中《なんかつちゅう》キーパー森崎有三《もりさきゆうぞう》、これにけんめいにダイブ！
し、しかし、これはとどかない!!　先取点《せんしゅてん》は大友中《おおともちゅう》か……!?

けれども、シュートは、ぎりぎりのところでゴールポストからそれていった。

ホッと胸《むね》をなでおろす南葛中《なんかつちゅう》のメンバーたち。

だが、ボールがかすった翼《つばさ》のこめかみからは、血《ち》がひとすじ流《なが》れだしていた。

もしも、翼《つばさ》がボールをよけていたら、隼《はやぶさ》シュートはしっかりゴールのわくをとらえていただろう。

やるな、新田《にった》。

翼《つばさ》はこめかみの傷《きず》を気《き》にすることなく、新田《にった》に微笑《ほほえ》みかけた。ひ

さしぶりに出会《であ》った新《あたら》しい才能《さいのう》にワクワクしているのだ。

これまで大量得点《たいりょうとくてん》で勝利《しょうり》してトーナメントを勝《か》ちすすんできた両《りょう》チーム。けれども、決《けっ》勝戦《しょうせん》は簡単《かんたん》には点《てん》がはいらず、どちらも無得点《むとくてん》のまま、前半《ぜんはん》のこり1分《ぷん》をきった。

来生《きすぎ》たちによる南葛中《なんかつちゅう》の攻撃《こうげき》を、大友中《おおともちゅう》カルテットがおさえこみ、勝負《しょうぶ》は後半戦《こうはんせん》にもちこされると誰《だれ》もが思《おも》っていた。

だが、そのとき、声《こえ》がひびく。

「こっちだ、逆《ぎゃく》サイドだ!!」

翼《つばさ》の声《こえ》だった。

いままで新田《にった》のマークについていた翼《つばさ》が、ひとり走《はし》りだしている。

翼《つばさ》の声《こえ》に応《おう》じた井沢《いざわ》が逆《ぎゃく》サイドへパスをおくると、大友中《おおともちゅう》カルテットも反応《はんのう》する。

トラップしていたらまにあわないタイミング。そこで翼《つばさ》は勝負《しょうぶ》にでた。

「いくぜ! ノートラップ・ロングボレーシュートだ!!」

翼《つばさ》は逆《ぎゃく》サイドからとんでくるボールにあわせて走《はし》り、そのまま右足《みぎあし》を大《おお》きくふりあげてシュートをはなった。

ここはこれしかない!
なにィ
ノートラップロングボレーシュートだ!!

あ〜〜っと 翼《つばさ》くん このロングパスを なんと ノートラップで シュートにいったァ!!
しかし これは さすがの翼《つばさ》くんでも 無謀《むぼう》に近《ちか》い! ロングパスを ダイレクトで はたして シュート・コントロール できるのか!?

大友中《おおともちゅう》キーパー一条《いちじょう》の動《うご》きが一歩《いっぽ》遅《おく》れる。

そのあいだにボールはぐんとのび、ゴールの右《みぎ》すみをとらえて、ネットを揺《ゆ》らした。

き、きまったァ！

これはすごいシュート！

きめたのは、やはりこの選手《せんしゅ》……大空翼《おおぞらつばさ》！

前半終了直前《ぜんはんしゅうりょうちょくぜん》、南葛中《なんかつちゅう》が先取点《せんしゅてん》をもぎとりました！

ああっと、そして、ここで前半戦終了《ぜんはんせんしゅうりょう》です！

ハーフタイムにはいると、南葛中《なんかつちゅう》の選手《せんしゅ》たちは、マネージャーの早苗《さなえ》がつくってきてくれたレモンの砂糖《さとう》とハチミツづけをかじって、リフレッシュした。レモンにはいっているクエン酸《さん》には疲《つか》れた身体《からだ》をいやす効果《こうか》があり、砂糖《さとう》とハチミツも効率《こうりつ》よくエネルギーに変《か》わる。試合《しあい》にぴったりのさしいれだ。

一方《いっぽう》、大友中《おおともちゅう》は、翼《つばさ》にしてやられた失点《しってん》に肩《かた》をおとしていた。

とくに新田《にった》は、シュートをきめられなかった自分《じぶん》を責《せ》めて、もんもんとしていた。

自力《じりき》で翼先輩《つばさせんぱい》を抜《ぬ》くのがムリなら、どうすればいい……？　なんとかマークをはずしたとしても、パスをうけていたらまにあわない。翼先輩《つばさせんぱい》のようにノートラップでいくしかない。ただ、いまのおれにそんなテクニックは……。でも、とにかく、やるしかない。

新田《にった》は、気合《きあ》いをいれなおしてハーフタイムを終《お》えた。


この試合《しあい》に勝利《しょうり》したチームが、全国大会《ぜんこくたいかい》への出場権《しゅつじょうけん》をえる。

1点《てん》を追《お》う大友中《おおともちゅう》のキックオフで後半戦《こうはんせん》がスタートした。

ＭＦ《ミッドフィルダー》による軽快《けいかい》なパスまわしで自分《じぶん》たちのペースをつくりながら、その一方《いっぽう》で、新田《にった》がゴールをねらえるポジションへと走《はし》りこんでいく。

翼《つばさ》はそんな新田《にった》をマークする。だが、新田《にった》の俊足《しゅんそく》によって一瞬《いっしゅん》マークをはずされ、そのすきに新田《にった》がノートラップでシュートをくりだした。

さすがに翼《つばさ》のようにはショートがきまらなかった。

タイミングがあわず、ボールはタッチラインをわっていく。

「新田《にった》！」

キャプテンの浦辺《うらべ》が声《こえ》をあげる。

「おい、翼《つばさ》のまねをしようったってムリだぞ！」

大友中《おおともちゅう》ＭＦ《ミッドフィルダー》岸田《きしだ》も首《くび》をひねった。

「どういうことだ？　練習《れんしゅう》したこともない技《わざ》じゃないか」

新田《にった》にだって、そんなことはわかっていた。

けれど、ほかに方法《ほうほう》がないいま、これにチャレンジするしかないのだ。

翼《つばさ》の上《うえ》をいくノートラップ・ランニングボレー隼《はやぶさ》シュートを完成《かんせい》させるしか……。

新田《にった》は息《いき》をきらして、ゴールをにらみつける。

そんな新田《にった》の気持《きも》ちが伝《つた》わったのか、浦辺《うらべ》は中盤《ちゅうばん》をかためるメンバーたちに告《つ》げた。

「よし、おれたちは新田《にった》にパスをおくろう。それしかない!」

そのあとも新田《にった》は、二度《ど》ノートラップ・シュートに挑戦《ちょうせん》した。

むぼうすぎる新田《にった》のシュートだったが、少《すこ》しずつタイミングがあいはじめていた。

その変化《へんか》にいち早《はや》く翼《つばさ》が気《き》づく。

このままでは、まずい。

新田《にった》が後半戦《こうはんせん》のあいだにノートラップ・シュートを完成《かんせい》させてしまったら……?

この流《なが》れを変《か》えるために、翼《つばさ》は新田《にった》のマークをやめて攻撃《こうげき》に転《てん》じることにした。

中盤《ちゅうばん》までドリブルですすんで、滝《たき》へパス。

ボールをうけた滝《たき》は、得意《とくい》のライン際《ぎわ》のド

リブルではなくゴール前《まえ》へきりこんで、来生《きすぎ》へパスをおくった。

「よし！　もらった！」

ナイスパスをうけた来生《きすぎ》は、そのままシュート！

けれども、大友中《おおともちゅう》キーパー一条《いちじょう》が力強《ちからづよ》くとびつき、ボールをキャッチした。

息《いき》つくまもなく、カウンターアタックをしかける大友中《おおともちゅう》。

またも新田《にった》へボールをおくると……ついに、ふりあげた新田《にった》の足《あし》と、ボールのタイミングがピタリとあった。

ビシイイイッ……！

音《おと》を立《た》ててとんでいく新田《にった》のノートラップ・シュート。

しかし、これは南葛中《なんかつちゅう》DF《ディフェンダー》小田《おだ》の腕《うで》にあたってはじかれていった。


あっ、審判《しんぱん》のホイッスルが鳴《な》りました！

南葛中《なんかつちゅう》のハンドです！

このタイミングで、大友中《おおともちゅう》がフリーキックをえました。

ぎりぎりペナルティエリア内《ない》ではないものの、ゴール正面《しょうめん》！

これは南葛中《なんかつちゅう》、ピンチだ！

南葛中《なんかつちゅう》は、翼《つばさ》の指示《しじ》にしたがって、ゴール前《まえ》に選手《せんしゅ》をならべてかべをつくっていく。

かべで正面《しょうめん》をしっかりおさえ、右《みぎ》サイドはキーパーの森崎《もりさき》、左《ひだり》サイドは翼《つばさ》が守《まも》る作戦《さくせん》だ。

「新田《にった》はシュートをうたずに、パスにきりかえてくるかも」

森崎《もりさき》がいうと、翼《つばさ》は断言《だんげん》した。

「いや、あいつは必《かなら》ず、自分《じぶん》でシュートをうってくる」

大友中《おおともちゅう》のフリーキックに、会場中《かいじょうじゅう》が注目《ちゅうもく》する。

「いくぞ！」

かけ声《ごえ》とともに浦辺《うらべ》が走《はし》りだすが、ボールにふれるとすぐに新田《にった》にパス。

翼《つばさ》の読《よ》みどおり、シュートは新田《にった》がしかけてくる。

右《みぎ》と左《ひだり》、どちらをねらうのか――!?

「ここだ！　くらえ、隼《はやぶさ》シュートッッ!!」

新田《にった》の声《こえ》とシュート音《おん》がピッチに大《おお》きくこだました。

なんと、新田《にった》は、真《ま》ん中《なか》のかべをめがけて、けりつけた。

次《つぎ》の瞬間《しゅんかん》、ボールがぶちあたった南葛中《なんかつちゅう》の選手《せんしゅ》がたおれこんで、かべに穴《あな》があく。

そして、はねかえってきたボールをとらえた新田《にった》は、あいた穴《あな》をめがけて、もう一度《いちど》シュートをはなった。

「いけエ！　隼《はやぶさ》シュート2連弾《れんだん》だァァァ!!!」

ビュワッと音《おと》を立《た》てて、ボールがゴールにむかう。

その速《はや》さに南葛中《なんかつちゅう》のメンバーは、反応《はんのう》しきれないでいた。

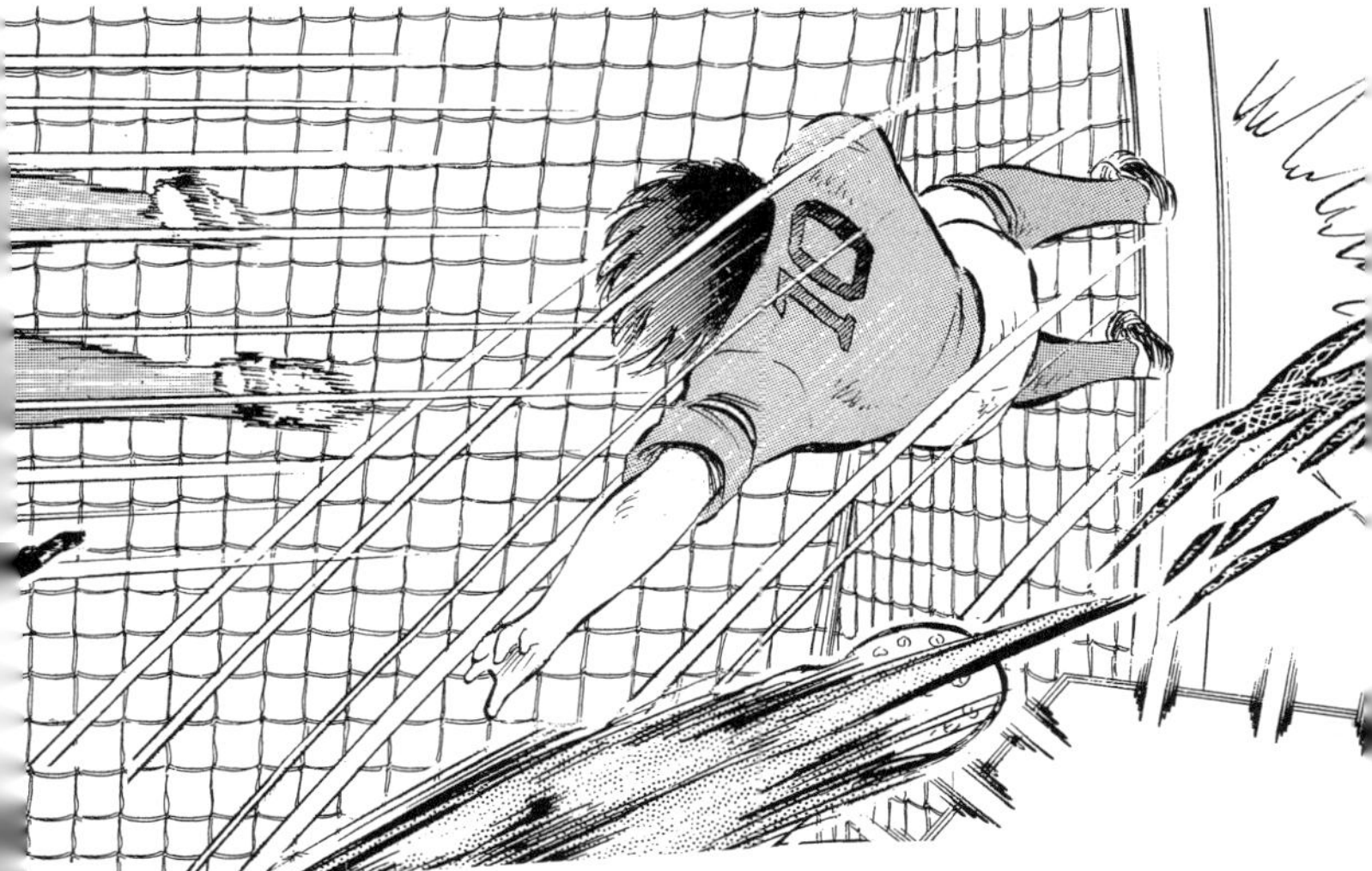

しかし、そのときだった。

左《ひだり》サイドにいた翼《つばさ》がゴールポストをけり、反動《はんどう》をつけて逆《ぎゃく》サイドにとぶ！

それは、かつて全日本少年《ぜんにほんしょうねん》サッカー大会《たいかい》の決勝戦《けっしょうせん》で明和《めいわ》ＦＣ《エフシー》のキーパー若島津健《わかしまづけん》が見《み》せた技《わざ》だった。

若島津《わかしまづ》はこの技《わざ》で翼《つばさ》のシュートをキャッチしたが、翼《つばさ》は新田《にった》のシュートをジャンピングヘッドでクリアした。

翼《つばさ》のクリアしたボールは、空高《そらたか》くとんでいく。

「ナイスクリア！　翼《つばさ》！」

大《おお》きなピンチをきりぬけた南葛中《なんかっちゅう》のメンバーは、ホッとして笑顔《えがお》になった。

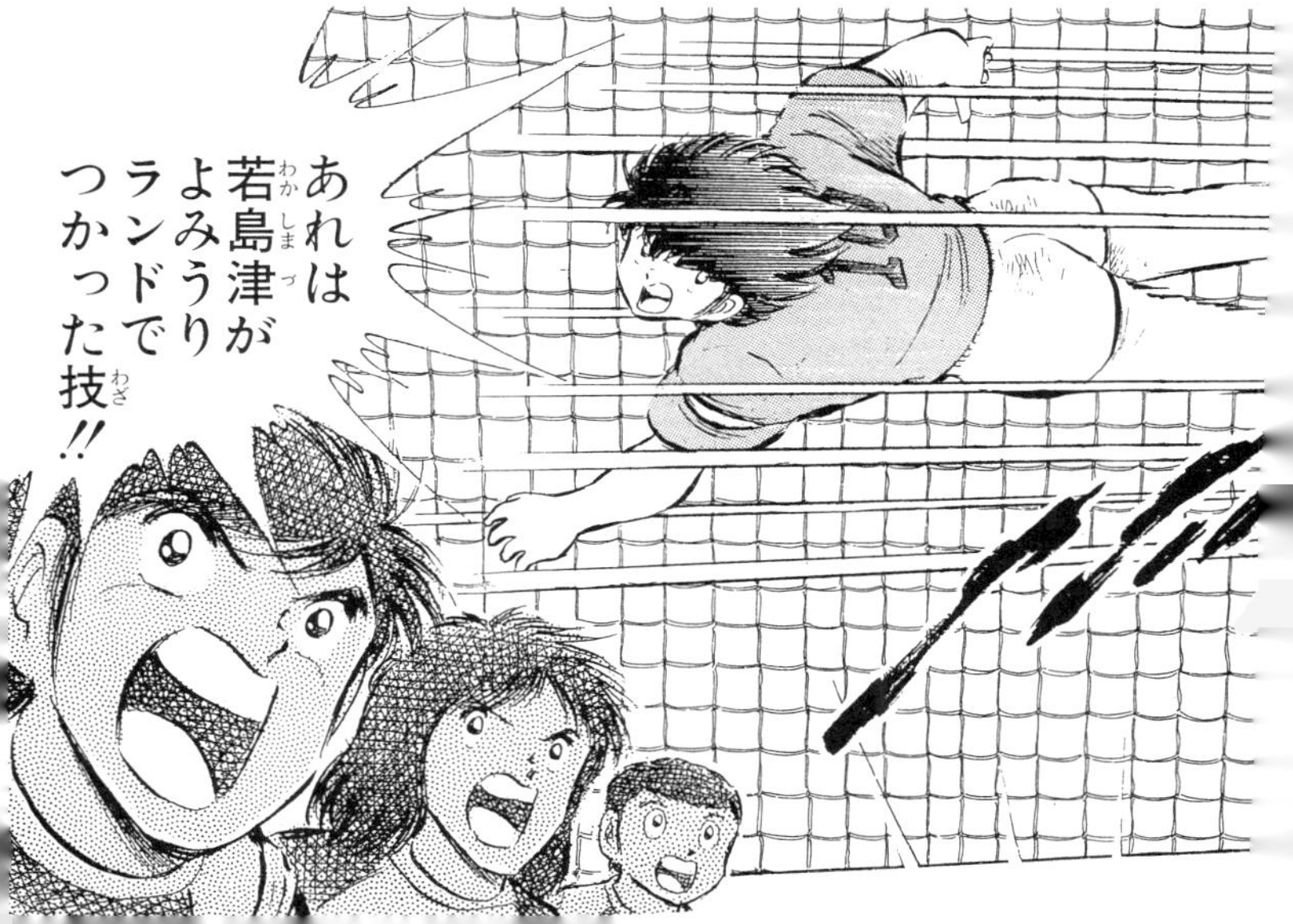
あれは
若島津《わかしまづ》が
よみうり
ランドで
つかった技《わざ》!!

でも、翼《つばさ》は気《き》をゆるめず、すぐに攻《せ》めの体勢《たいせい》にはいった。

「たのむ、井沢《いざわ》！　そのボールをとってくれ！」

翼《つばさ》の声《こえ》に反応《はんのう》した井沢《いざわ》は、大友中《おおともちゅう》とのせりあいに勝《か》ち、ヘディングで翼《つばさ》にボールをまわす。

南葛中《なんかつちゅう》のカウンターアタックのはじまりだ。

ここで南葛中《なんかつちゅう》に追加点《ついかてん》をゆるしたら、大友中《おおともちゅう》の勝《か》ち目《め》はほとんどなくなる。

大友中《おおともちゅう》、絶体絶命《ぜったいぜつめい》のピンチだ。

浦辺《うらべ》は、なんとしてでも翼《つばさ》をとめるため、必死《ひっし》に走《はし》った。

「みんな！　ここが勝負《しょうぶ》どころだぞ！」

「おう！」

たしかにピンチだが、もしもここで翼《つばさ》からボールをうばえたら、ノーマークの新田《にった》にまわすことができる。ピンチがチャンスになる。

ドリブルする翼《つばさ》に、大友中《おおともちゅう》カルテットがまわりこんだ。

今度《こんど》こそ大友中《おおともちゅう》カルテットを抜《ぬ》いてやると翼《つばさ》が意気《いき》ごむと、まずＭＦ《ミッドフィルダー》岸田《きしだ》がしかけてくる。

翼《つばさ》はその瞬間《しゅんかん》、チップキックでボールをけりあげ、岸田《きしだ》をかわす。それから、おちてくるボールをうけてドリブルをつづけた。

次《つぎ》にむかってくるのはＤ Ｆ《ディフェンダー》西尾《にしお》だ。翼《つばさ》はまた同《おな》じように軽《かろ》やかにかわして、さらにＤ Ｆ《ディフェンダー》中山《なかやま》と対峙《たいじ》した。

「もう、その手《て》にのるか！」

翼《つばさ》がボールをうかせてくると読《よ》んでいるらしい中山《なかやま》。そこで翼《つばさ》は、今度《こんど》はボールを低《ひく》くコントロールして、地《ち》をすべらせた。

大友中《おおともちゅう》カルテット、のこるは浦辺《うらべ》だけとなった。

浦辺《うらべ》は翼《つばさ》がすべらせたボールに、すかさずスライディング・タックルでつっこんでいく。

翼《つばさ》と浦辺《うらべ》の足《あし》が、ほぼ同時《どうじ》にボールにミート！

その衝撃《しょうげき》にはじかれて、ボールは空高《そらたか》くまいあがっていった。

「よし！」

スライディングによって体勢《たいせい》をくずしている浦辺《うらべ》をよそに、翼《つばさ》はボールの落下点《らっかてん》をめざした。

必死《ひっし》にとめにいく岸田《きしだ》、西尾《にしお》、中山《なかやま》。けれども、翼《つばさ》の右足《みぎあし》がボレーシュートをくりだすほうが早《はや》かった。

「一条《いちじょう》！」

「たのむ！」

大友中《おおともちゅう》の守《まも》りは、もはやキーパー一条《いちじょう》にたくすしかなかった。

一条《いちじょう》もチームメイトにこたえるようにおたけびをあげてジャンプした。

「うおおおおお！」


ああああっとッ！　と、とりました！

大友中《おおともちゅう》キーパー一条《いちじょう》、大空翼《おおぞらつばさ》のシュートを見事《みごと》にダイビングキャッチ！

そして、すかさずスローイン！　大友中《おおともちゅう》の反撃《はんげき》です!!

一条《いちじょう》からうけたボールを浦辺《うらべ》はすぐに新田《にった》へまわした。翼《つばさ》のマークがはずれたいまこそ、新田《にった》のチャンスだった。ノートラップでねらわなくともシュートをうてる状況《じょうきょう》だ。

けれども、新田《にった》はとんでくるボールを見《み》すえて決意《けつい》する。

翼先輩《つばさせんぱい》のマークがなくとも、ノートラップでいってやる……！

「いくぞ、今度《こんど》こそきめる！」

新田《にった》の考《かんが》えをさっした大友中《おおともちゅう》メンバーが騒然《そうぜん》とした。

ノートラップでは、はずしてしまう可能性《かのうせい》が高《たか》いからだ。

スタンドからも、おどろきの声《こえ》があがった。

しかし、新田《にった》の気合《きあ》いと成長《せいちょう》が多《おお》くの者《もの》たちの予想《よそう》を上《うわ》まわる。

ノートラップ・シュートのタイミングを自分《じぶん》のものにした新田《にった》は、鋭《するど》いシュートをくりだした。

「いけェ！　ノートラップ・ランニングボレー隼《はやぶさ》シュートだ!!!」

あまりの速《はや》さに、南葛中《なんかつちゅう》ＤＦ《ディフェンダー》もキーパー森崎《もりさき》も、一歩《いっぽ》も動《うご》けなかった。

いくぞ 今度《こんど》こそ!!
なにイ
新田《にった》
ああっ
お〜〜〜〜っ
しかし 今度《こんど》は タイミングが ばっちり あったぞォ!!

新田《にった》!!
ああ〜〜っと 新田《にった》くん これは マークが いなくても ノートラップで シュートにいく体勢《たいせい》だ!!
いけェ ノートラップ ランニング ボレー 隼《はやぶさ》シュートだ!!

ズサアアッ！

ついに、ゴールがきまった。

新田《にった》はこれまでのきびしい表情《ひょうじょう》から一転《いってん》、小《ちい》さな子《こ》どものように大《おお》きく笑《わら》ってよろこんだ。

「やったあ！」

チームメイトが新田《にった》にかけより、大友中《おおともちゅう》ナインが一気《いっき》にもりあがる。

ノートラップ隼《はやぶさ》シュートが完成《かんせい》したことにより、どんなにマークされていても新田《にった》へパスをまわしさえすれば、得点《とくてん》のチャンス大《だい》となったのだ。

翼《つばさ》は、その様子《ようす》を見《み》て、負《ま》けてなんていられないと思《おも》う。

「よし！　とられたらとりかえすのがサッカーの原則《げんそく》！　いくぞ、みんな！」

キャプテンとして、チームメイトにはっぱをかけると、すぐに反撃《はんげき》にうつった。

翼《つばさ》が新田《にった》のマークについて守《まも》りをかためるフォーメーションから、攻《せ》める陣形《じんけい》にきりかえていく。

「攻撃《こうげき》は最大《さいだい》の防御《ぼうぎょ》だ……ッ」

翼《つばさ》が加《くわ》わっての速《はや》いパスまわしで、南葛《なんかつ》のオフェンスが一気《いっき》に活発《かっぱつ》になる。

翼《つばさ》を中心《ちゅうしん》に、井沢《いざわ》、来生《きすぎ》、滝《たき》がフルに動《うご》きまわり、大友中《おおともちゅう》カルテットをほんろう。

翼《つばさ》は、パスをだしながら自《みずか》らも走《はし》り、来生《きすぎ》によるヘディングパスがゴール前《まえ》にかえってくるのにあわせてダッシュした。

きめるぞ！　ポジションはＭＦ《ミッドフィルダー》でも、おれは南葛《なんかつ》のエース・ストライカーなんだ！

チャンスを確実《かくじつ》にものにしてこそ、真《しん》のエース・ストライカー！

おさえこんでいた攻《せ》める気持《きも》ちが翼《つばさ》のなかで爆発《ばくはつ》した。

翼《つばさ》は、エネルギッシュに走《はし》りこみ、豪快《ごうかい》にボールをけった。

ビュシイィッ!!!

ズザァアアッッ!!!

シュート音《おん》、そして、ゴールネットが揺《ゆ》れる音《おと》が立《た》てつづけにひびいた。

今度《こんど》は大友中《おおともちゅう》キーパー一条《いちじょう》が一歩《いっぽ》も動《うご》けなかった。

同点《どうてん》に追《お》いついたと思《おも》った矢先《やさき》の失点《しってん》に、大友中《おおともちゅう》はあせった。

真《しん》のエース・ストライカー
走《はし》り込《こ》んだ翼《つばさ》くんの豪快《ごうかい》なミドルシュートだ!!

一方《いっぽう》、南葛中《なんかつちゅう》は、ノートラップ隼《はやぶさ》シュートを完成《かんせい》させた新田《にった》へのパスがとおらないように、集中《しゅうちゅう》してパスコースを読《よ》むようになっていた。

その結果《けっか》、大友中《おおともちゅう》のスピードサッカーにもしっかり対応《たいおう》できるようになっていく。

くそ、おれにパスがとおりさえすれば……と新田《にった》は顔《かお》をしかめる。

しかし、そんな力《りき》みが先走《さきばし》り、やっとパスがとおったと思《おも》った瞬間《しゅんかん》、新田《にった》はオフサイドをとられてしまった。

翼《つばさ》の指示《しじ》で、南葛《なんかつ》のＤＦ《ディフェンダー》陣《じん》がオフサイドラインをひきあげるトラップをしかけていたのだ。

後半戦《こうはんせん》ものこすところあと５分《ふん》。

南葛《なんかつ》が最後《さいご》の攻《せ》めにはいっていく。

新田《にった》のノートラップ隼《はやぶさ》シュートを宝《たから》のもちぐされにしてはいけないと、大友中《おおともちゅう》の選手《せんしゅ》たちはやっきになるが、翼《つばさ》だけではない南葛中《なんかつちゅう》の攻《せ》めの厚《あつ》さにおされていた。

ＭＦ《ミッドフィルダー》岸田《きしだ》のスライディングでこぼれたボールをＤＦ《ディフェンダー》石崎《いしざき》がしっかりひろって、逆《ぎゃく》サイドへクロスをあげる。

そこへ翼《つばさ》が走《はし》りこんできて……。
シュートをうたれると思《おも》った大友中《おおともちゅう》キーパー一条《いちじょう》は、ボールにむかってとんだ。
しかし、翼《つばさ》がはなったのはシュートではなく、滝《たき》へのパス！
滝《たき》は、一条《いちじょう》がとんだのとは逆《ぎゃく》の方向《ほうこう》に気合《きあ》いのダイビングヘッドをはなった。
がらあきのゴールに、ボールが吸《す》いこまれていく。

ゴォォ────ルッ！
南葛《なんかつ》ここへきて追加点《ついかてん》をいれましたァァ!!
これは、決定的《けっていてき》です！

南葛中《なんかつちゅう》がダメ押《お》しの3点目《てんめ》をもぎとった。
のこり時間《じかん》は、もうアディショナルタイムのみ。
それでも、大友中《おおともちゅう》メンバーは下《した》をむかず、けんめいに新田《にった》へパスをおくろうとする。
そして……最後《さいご》の最後《さいご》、ようやく新田《にった》へ抜《ぬ》けるパスがとぶ。

しかし、その瞬間《しゅんかん》、無情《むじょう》にも試合終了《しあいしゅうりょう》のホイッスルが鳴《な》りひびいた。

南葛中《なんかつちゅう》のメンバーたちによろこびの表情《ひょうじょう》がうかぶのが目《め》にはいって、新田《にった》が叫《さけ》んだ。

「くそォーッ!!」

新田《にった》は、自分《じぶん》のもてる力《ちから》すべてをこめて、とんできたボールをノートラップでけりつけた。

華麗《かれい》なノートラップ隼《はやぶさ》シュートだ。

ボールはゴールネットを大《おお》きく揺《ゆ》らしたが、もちろん点《てん》にはならない。

新田《にった》は、翼《つばさ》とのたたかいにやぶれたことで、新《あたら》しい大《おお》きな目標《もくひょう》を胸《むね》にいだいた。

それは、先輩《せんぱい》である翼《つばさ》に、いつか追《お》いつき、追《お》いこすことだった。

こうして、全国中学生《ぜんこくちゅうがくせい》サッカー大会静岡県大会優勝《たいかいしずおかけんたいかいゆうしょう》チームは、３年連続《ねんれんぞく》で南葛中《なんかつちゅう》にきまった。

今年《ことし》もまた全国大会《ぜんこくたいかい》へのきっぷを勝《か》ちとれたことに、南葛中《なんかつちゅう》の応援団《おうえんだん》がわく。

偵察《ていさつ》にきていた者《もの》たちは、翼《つばさ》だけではない南葛中《なんかつちゅう》の強《つよ》さをしっかりと見《み》さだめて、自分《じぶん》たちのたたかいに活《い》かそうとしていた。

グラウンドでは、優勝《ゆうしょう》チームキャプテンである翼《つばさ》のインタビューが行《おこな》われている。

「これから全国大会《ぜんこくたいかい》にすすみますが、いま、一番対戦《いちばんたいせん》してみたい選手《せんしゅ》は誰《だれ》ですか？」

翼《つばさ》は少《すこ》し考《かんが》えて、語《かた》りだす。

「いま、一番《いちばん》たたかってみたい選手《せんしゅ》は……」

会場中《かいじょうじゅう》の注目《ちゅうもく》を一身《いっしん》に集《あつ》めて、翼《つばさ》は晴《は》れやかに、あるひとりの少年《しょうねん》の名《な》を口《くち》にした。

「岬《みさき》、太郎《たろう》くんです……！」

「えっ、岬太郎《みさきたろう》くん!?」

インタビュアーがおどろきの声《こえ》をあげる。その名《な》に、スタンドも南葛中《なんかつちゅう》のメンバーもざわついた。

「岬《みさき》くんというと、小学生時代《しょうがくせいじだい》、翼《つばさ》くんのパートナーとして南葛黄金《なんかつゴールデン》コンビを組《く》んでいた、あの……」

「はい、そうです」

「ただ、岬《みさき》くんは、翼《つばさ》くんとともに優勝《ゆうしょう》した全日本少年《ぜんにほんしょうねん》サッカー大会以来《たいかいいらい》、まったくサッカーの世界《せかい》に姿《すがた》を見《み》せていませんね。あの大会《たいかい》で痛《いた》めた足《あし》のケガで、プレーできなくなったのでは、というわさもありますが……」

「いや、あの岬《みさき》くんにかぎって、そんなことはありません。どこかでサッカーをつづけているはずです。きっと……」

3年前《ねんまえ》の夏《なつ》、岬《みさき》が突然《とつぜん》引《ひ》っ越《こ》していったあの日《ひ》、翼《つばさ》は岬《みさき》に「ワールドカップでもコンビを組《く》もう」というメッセージをおくった。

あれは、まちがいなく、未来《みらい》にむけたふたりの約束《やくそく》だった。

翼《つばさ》がしみじみ思《おも》いかえしていると、そこへなつかしい声《こえ》がひびいた。

「翼《つばさ》！　岬太郎《みさきたろう》のほかに、若林源三《わかばやしげんぞう》という選手《せんしゅ》もいるんだが、たたかってみたいとは思《おも》わないかね」

声《こえ》の主《ぬし》は、若林《わかばやし》の元専属《もとせんぞく》コーチで、若林《わかばやし》と一緒《いっしょ》にドイツへいっていた見上辰夫《みかみたつお》だった。

見上《みかみ》は、ドイツを中心《ちゅうしん》にヨーロッパ各国《かっこく》での2年半《ねんはん》のサッカーコーチ研修《けんしゅう》を終《お》えて、帰国《きこく》していた。若林《わかばやし》は、いまもなおドイツにのこり、ハイレベルな選手《せんしゅ》たちにかこまれて、めきめき実力《じつりょく》をつけているという。

翼《つばさ》よりもひと足先《あしさき》に世界《せかい》へでていった若林《わかばやし》。

もちろん、たたかいたいにきまっている、と翼《つばさ》は思《おも》った。もしかしたら日本《にほん》では実現《じつげん》しないかもしれない。でも、いつか必《かなら》ず一緒《いっしょ》にたたかうんだ。

インタビューを終《お》えた翼《つばさ》や南葛中《なんかつちゅう》のメンバーに、浦辺《うらべ》たちが声《こえ》をかける。

「翼《つばさ》、おれたちも全力《ぜんりょく》でがんばったが、やっぱりおまえにはかなわなかったぜ」

「また全国大会《ぜんこくたいかい》でも優勝《ゆうしょう》しろよ」

そして、そこに新日《にった》も笑顔《えがお》で加《くわ》わった。

「負《ま》けたらしょうちしないぜ、翼先輩《つばさせんぱい》」

すべてをこがす真夏《まなつ》の入《い》り口《ぐち》で、さわやかに静岡県大会《しずおかけんたいかい》の幕《まく》がおりていった。

3 夢《ゆめ》の対決《たいけつ》

東京都大会《とうきょうとたいかい》の決勝戦《けっしょうせん》は、静岡県大会決勝《しずおかけんたいかいけっしょう》の翌日《よくじつ》に行《おこな》われる日程《にってい》となっていた。

一番《いちばん》たたかってみたい選手《せんしゅ》は岬太郎《みさきたろう》といった翼《つばさ》の言葉《ことば》は、これから都大会決勝《とたいかいけっしょう》へとのぞむ東邦学園《とうほうがくえん》キャプテン、日向小次郎《ひゅうがこじろう》のライバル魂《だましい》に火《ひ》をつけていた。

「全国大会《ぜんこくたいかい》には、この日向小次郎《ひゅうがこじろう》さまがいるということを思《おも》い知《し》らせてやるぜ」

それには、まず都大会《とたいかい》で優勝《ゆうしょう》をおさめなければならない。

決勝戦《けっしょうせん》の相手《あいて》は武蔵中学《むさしちゅうがく》。心臓《しんぞう》の病《やまい》を抱《かか》えたガラスのエース三杉淳《みすぎじゅん》が2年間《ねんかん》のリハビリを終《お》えて、今大会《こんたいかい》より復活《ふっかつ》したことで話題《わだい》のチームだ。

前後半《ぜんこうはん》30分《ぷん》ずつ合計《ごうけい》60分《ぷん》で行《おこな》われる中学生大会《ちゅうがくせいたいかい》の試合《しあい》のなかで、三杉《みすぎ》が出場《しゅつじょう》できるのは担当医《たんとうい》の指示《しじ》により30分《ぷん》が限度《げんど》。フル出場《しゅつじょう》はできなくとも、前半《ぜんはん》はチームメイトが守《まも》りにてっし、三杉《みすぎ》がはいる後半《こうはん》に勝負《しょうぶ》をかけて、武蔵中《むさしちゅう》を決勝《けっしょう》にまでひっぱってきた。

東邦学園《とうほうがくえん》は、三杉《みすぎ》がはいってくる前《まえ》の前半戦《ぜんはんせん》で勝負《しょうぶ》にでる作戦《さくせん》をくわだてていた。前半《ぜんはん》で大量得点《たいりょうとくてん》をうばい、一気《いっき》に決着《けっちゃく》をつけようというのだ。

静岡県大会《しずおかけんたいかい》に負《ま》けずともおとらない注目《ちゅうもく》の一戦《いっせん》だ。

東邦学園《とうほうがくえん》は作戦《さくせん》どおり、キックオフの瞬間《しゅんかん》から、はげしい攻撃《こうげき》を炸裂《さくれつ》させた。

ＦＷ《フォワード》日向《ひゅうが》とＭＦ《ミッドフィルダー》沢田《さわだ》のコンビネーションできりこみ、前半《ぜんはん》20分《ぷん》で早《はや》くも日向《ひゅうが》がハットトリックを完成《かんせい》させる。

前半《ぜんはん》で３点《てん》のビハインド。武蔵中《むさしちゅう》のメンバーは、さすがに暗《くら》い表情《ひょうじょう》になってしまっていた。

そのとき、武蔵中《むさしちゅう》のベンチで三杉《みすぎ》が立《た》ちあがった。

「監督《かんとく》、ボクがいきます」

「しかし、三杉《みすぎ》、おまえは後半《こうはん》に……」

武蔵中《むさしちゅう》の監督《かんとく》は目《め》を見《み》ひらくが、三杉《みすぎ》の決心《けっしん》はかたかった。

「これ以上得点《いじょうとくてん》されたら、この試合《しあい》、勝《か》てなくなります。30分《ぷん》でしりぞきます。ですから、ボクをだしてください！」

選手交代《せんしゅこうたい》を告《つ》げる放送《ほうそう》が会場《かいじょう》に流《なが》れる。

『武蔵中《むさしちゅう》、選手交代《せんしゅこうたい》のお知《し》らせです。12番井上《ばんいのうえ》にかわって……14番三杉《ばんみすぎ》……14番三杉淳《ばんみすぎじゅん》がはいります』

フィールドの貴公子《きこうし》ともいわれている三杉《みすぎ》の登場《とうじょう》に、女性《じょせい》ファンたちがきゃーっと歓声《かんせい》をあげた。

すらっと長《なが》い手足《てあし》とすずしげなまなざしにパワーをみなぎらせて、三杉《みすぎ》はピッチにはいっていく。

武蔵中《むさしちゅう》のメンバーは、キャプテンの三杉《みすぎ》をむかえながら失点《しってん》をかさねてしまったことをあやまった。

けれども、三杉《みすぎ》は、強《つよ》いまなざしでいう。

「なにいってるんだ、みんな。まだ3点《てん》だ。後半戦《こうはんせん》とあわせて、のこり40分《ぷん》ある。10分《ぷん》に1点《てん》とれば勝《か》てる。不可能《ふかのう》じゃない。これから本当《ほんとう》の武蔵《むさし》のサッカーを見《み》せてやるんだ!!」

ここで武蔵中《むさしちゅう》がおもいきったカードをきりました。

後半戦《こうはんせん》を待《ま》たずに、三杉淳《みすぎじゅん》の投入《とうにゅう》です！

武蔵中《むさしちゅう》は、ここで一気《いっき》に攻《せ》めに転《てん》じたいところ。

試合《しあい》の流《なが》れを、はたして変《か》えることができるのか!?


「いくぞ！　三杉《みすぎ》！　あいさつがわりだッ」

日向《ひゅうが》は、ボールをキープしている三杉《みすぎ》に、さっそくむかっていった。

日向《ひゅうが》と三杉《みすぎ》の対決《たいけつ》は、小学生時代《しょうがくせいじだい》にも実現《じつげん》しなかった夢《ゆめ》の対決《たいけつ》の一《ひと》つだ。

今大会《こんたいかい》で三杉《みすぎ》が復活《ふっかつ》したことによって、ついにこのふたりがぶつかるときがきた。

いよいよ、まっこう勝負《しょうぶ》……と思《おも》われたそのとき、日向《ひゅうが》の身体《からだ》が左《ひだり》にそれる。

三杉《みすぎ》のもつボールのカットは、うしろについているＭＦ《ミッドフィルダー》沢田《さわだ》タケシにまかせて前《まえ》にすすみ、そこへパスをまわさせるねらいだ。

日向《ひゅうが》とタケシだからできる息《いき》のあった時間差攻撃《じかんさこうげき》に、不意《ふい》をつかれた三杉《みすぎ》。

だが、三杉《みすぎ》は、とっさのジャンプであざやかにタケシのスライディング・タックルをかわした。

「なにィ」

ふりかえる日向《ひゅうが》をしりめに、三杉《みすぎ》はスピーディなドリブルにはいる。

あとには武蔵中《むさしちゅう》のＦＷ《フォワード》トリオもかけこんできている。

「いくぞ！　まずは１点《てん》かえすんだ!!」

ドリブルしながら、三杉《みすぎ》は強《つよ》く思《おも》う。

ボクは、中学《ちゅうがく》の２年間《ねんかん》をぼうにふって、今回《こんかい》の大会《たいかい》にかけてきたんだ。全国大会《ぜんこくたいかい》にもいけず、翼《つばさ》くんにも会《あ》えず、こんなところで消《き》えてたまるか！

そんな三杉《みすぎ》をむかえうつ東邦学園《とうほうがくえん》の守《まも》りの要《かなめ》は、キーパー若島津健《わかしまづけん》だ。武蔵中《むさしちゅう》ＦＷ《フォワード》トリオをおさえこむように東邦学園《とうほうがくえん》ＤＦ《ディフェンダー》陣《じん》にすばやく指示《しじ》をだして、守《まも》りをかためた。

けれども……。

ああーっっと、これは予想外《よそうがい》の展開《てんかい》！

ＭＦ《ミッドフィルダー》の三杉淳《みすぎじゅん》、いつもならＦＷ《フォワード》にパスをだすところで自《みずか》ら最後《さいご》のＤＦ《ディフェンダー》をふりきって、単身《たんしん》ゴール前《まえ》まできりこんだァア！

キーパー若島津健《わかしまづけん》がとびだすが、１対《たい》１となっては三杉《みすぎ》が有利《ゆうり》か!?

三杉《みすぎ》、おちついてシュートをはなったァア！

ズバァッ!!

三杉《みすぎ》が加《くわ》わって、わずか1分《ぷん》30秒《びょう》——あっという間《ま》に武蔵中《むさしちゅう》が1点《てん》をかえした。

まだ2点《てん》リードしているとはいえ今大会《こんたいかい》初《はつ》の失点《しってん》に、日向《ひゅうが》はギロリとひとみを光《ひか》らせた。

「どんなに点差《てんさ》があろうとも……とられたらとりかえすのがおれのサッカーだッ」

くしくも、翼《つばさ》が大友中《おおともちゅう》との対決中《たいけつちゅう》に発《はっ》した言葉《ことば》と同《おな》じ言葉《ことば》を、日向《ひゅうが》も口《くち》にした。

東邦学園《とうほうがくえん》は、前半《ぜんはん》はタケシを守《まも》りにまわす作戦《さくせん》に変《か》えた。

日向《ひゅうが》がひとりでアタックしていくのだ。

「いくぜ！　三杉《みすぎ》！　今度《こんど》こそ、てめえと一騎打《いっきう》ちだ！」

「日向《ひゅうが》ッ！」

闘志《とうし》をみなぎらせたドリブルで突進《とっしん》してくる日向《ひゅうが》を三杉《みすぎ》が見《み》すえた。

日向《ひゅうが》の両《りょう》わきには、武蔵中《むさしちゅう》メンバーがしっかりとマークにつく。

それをふりきろうとする日向《ひゅうが》の足元《あしもと》のわずかなすきをねらって、三杉《みすぎ》はスライディング・タックルをきめた。

「サッカーは組織《そしき》プレーも大切《たいせつ》だぜ、日向《ひゅうが》」

個人技《こじんぎ》に走《はし》ろうとする日向《ひゅうが》をいなすように三杉《みすぎ》がいった。

「このやろう……」

日向《ひゅうが》はギギギと歯《は》ぎしりした。

三杉《みすぎ》がはいってからというもの、試合《しあい》は、完全《かんぜん》に武蔵中《むさしちゅう》ペースに変《か》わっていた。

ゴール前《まえ》への攻《せ》めこみを東邦学園《とうほうがくえん》ＭＦ《ミッドフィルダー》タケシにとめられても、カウンターをしかけようとする東邦学園《とうほうがくえん》をさらに三杉《みすぎ》がカットしかえす。

パスアンドゴー、ワンツーリターンと武蔵中《むさしちゅう》のチームワークが活《い》きたリズミカルな攻撃《こうげき》だ。

そして、ノーマークとなった三杉《みすぎ》にボールがわたる。

「もらった！　これで、１点差《てんさ》だ!!」

ビュシィッツ！

三杉《みすぎ》が豪快《ごうかい》なシュートをはなった。

これに反応《はんのう》するのは、東邦学園《とうほうがくえん》キーパー若島津《わかしまづ》。

「これ以上《いじょう》、得点《とくてん》をゆるすか!!!」

若島津《わかしまづ》は、バネのあるジャンプでとび、三杉《みすぎ》のはなったシュートをしっかり両手《りょうて》でキャッチした。

これは若島津《わかしまづ》のファインプレー！
むずかしいシュートを見事《みごと》にキャッチしたァ！
……と、ここで前半終了《ぜんはんしゅうりょう》!!
武蔵中《むさしちゅう》の反撃《はんげき》を東邦学園《とうほうがくえん》がなんとか1点《てん》におさえて、
3対《たい》1で折《お》りかえします！

ハーフタイム、東邦学園《とうほうがくえん》は三杉《みすぎ》にどう対応《たいおう》していくか作戦《さくせん》をねっていた。

タケシを三杉《みすぎ》のマークにつけるという北詰誠監督《きたづめまことかんとく》の指示《しじ》に、日向《ひゅうが》は自分《じぶん》がマークにつくといいだした。

「おれは前半《ぜんはん》、ヤツにタックルをきめられて、ボールをうばわれた借《か》りがあるんだ！」

負《ま》けん気《き》の強《つよ》い日向《ひゅうが》。だが、それを北詰監督《きたづめかんとく》がたしなめる。

「日向《ひゅうが》、もっと冷静《れいせい》になれ。サッカーはチームでやるものだ。個人個人《こじんこじん》がそれぞれきめられた役割《やくわり》をはたせばいい。目先《めさき》のことにこだわっていては、いいサッカーはできんぞ」

「は、はい……」

北詰監督《きたづめかんとく》に返事《へんじ》をしながら、しかし、日向《ひゅうが》は心《こころ》のなかで思《おも》う。

たしかにサッカーはチーム力《りょく》の勝負《しょうぶ》だ。そんなことはわかっている。でも、男同士《おとこどうし》の1対《たい》1の勝負《しょうぶ》だって重要《じゅうよう》だ。ライバルとの決着《けっちゃく》がつけられない試合《しあい》なんて……。

くやしさで奥歯《おくば》をかみしめる日向《ひゅうが》にタケシが声《こえ》をかけた。

「日向《ひゅうが》さん、ボクたちの目標《もくひょう》は全国大会《ぜんこくたいかい》で南葛《なんかつ》のV3《ヴィスリー》をはばみ、優勝《ゆうしょう》することです。そのためには、この試合《しあい》はどうしても負《ま》けられないはずです」

それを聞《き》いて、日向《ひゅうが》は口元《くちもと》の力《ちから》をフッとゆるめた。

「わかってるよ、タケシ」


都大会決勝《とたいかいけっしょう》、後半戦《こうはんせん》がスタートした。

プレーは30分《ぷん》が限度《げんど》とされている三杉《みすぎ》にのこされた時間《じかん》はあと20分《ぷん》。時間《じかん》をむだにできない三杉《みすぎ》は、キックオフ直後《ちょくご》からボールをキープして、ていねいなドリブルであがっていく。

プレッシャーをかけにいくのは、作戦《さくせん》どおり東邦学園《とうほうがくえん》MF《ミッドフィルダー》タケシ。

三杉《みすぎ》は中盤《ちゅうばん》でパスをまわしながら、じっくりとチャンスをうかがい、ロングパスをくりだした。

しかし、パスがＦＷ《フォワード》にわたる前《まえ》にキーパー若島津《わかしまづ》がとびついて、がっちりキャッチする。

東邦学園《とうほうがくえん》ＤＦ《ディフェンダー》はすぐに日向《ひゅうが》へロングパスをだして、カウンターアタックをしかけた。

ただ、武蔵中《むさしちゅう》は、得意《とくい》のオフサイド・トラップでこれに冷静《れいせい》に対応《たいおう》。

どちらもゆずらないプレーで、一進一退《いっしんいったい》のはげしい攻防《こうぼう》がつづく。

攻《せ》めてはいるものの得点《とくてん》にいたらないゲーム展開《てんかい》に、三杉《みすぎ》はじりじりとした思《おも》いでいた。

早《はや》く２点目《てんめ》をとって、点差《てんさ》をちぢめないと……！

三杉《みすぎ》は、あせっていてもおちついた足《あし》さばきでＦＷ《フォワード》本間実《ほんまみのる》へショートパスをだした。

本間《ほんま》はボールをゴール前《まえ》にうかせるようにおくり、それを長身《ちょうしん》のＦＷ《フォワード》真田信次《さなだしんじ》が高《たか》い位置《いち》からヘディングでゴールへねじこもうとする。

「そうはさせるか！」

若島津《わかしまづ》がパンチングでゴールを守《まも》った。

だが、そのときだった。

ここぞとばかりに三杉《みすぎ》がダッシュする。そして――。

おおっと！

ここで三杉淳《みすぎじゅん》がとんだァァァ！

これは、オーバーヘッドキックのかまえだ!!!

タケシをふりきってくりだした、執念《しゅうねん》のオーバーヘッドキック。

真田《さなだ》とせりあった若島津《わかしまづ》が体勢《たいせい》をくずしているいまが、チャンスだった。

いけエ――――ッ！

三杉《みすぎ》のキックが、空中《くうちゅう》でしっかりボールをとらえた。

若島津《わかしまづ》もすぐにゴールポストをふみきってとびつくが、まにあわない。

ズサアアアッ！

ゴールネットが大《おお》きく揺《ゆ》れた。

こうして武蔵中《むさしちゅう》の追加点《ついかてん》、２点目《てんめ》のゴールがきまった。

大技《おおわざ》
オーバーヘッドキックだ!!
おおっ

「やったァ、三杉《みすぎ》さん！」

「ついに1点差《てんさ》だ！」

武蔵中《むさしちゅう》のメンバーがよろこびの声《こえ》をあげて、三杉《みすぎ》にかけよってくる。

しかし、その輪《わ》のなかで、三杉《みすぎ》はうずくまってしまう。

三杉《みすぎ》の心臓《しんぞう》が悲鳴《ひめい》をあげたのだ。

「キャ、キャプテン！」

「三杉《みすぎ》さん！　大丈夫《だいじょうぶ》ですか！」

三杉《みすぎ》のタイムリミットである30分《ぷん》がすぎていた。

監督《かんとく》はすぐに選手交代《せんしゅこうたい》の指示《しじ》をだすが、三杉自身《みすぎじしん》がそれに待《ま》ったをかけた。

「まだいけます。最低《さいてい》でも同点《どうてん》にすることがボクの役目《やくめ》です。おねがいです」

「し、しかし」

「大丈夫《だいじょうぶ》です。ハーフタイムもはさみましたし、自分《じぶん》の身体《からだ》は自分《じぶん》がよくわかっています。あとワンチャンスだけ……。監督《かんとく》、おねがいします!!」

三杉《みすぎ》は、必死《ひっし》のまなざしで監督《かんとく》にたのみこむ。

この大会《たいかい》にかける三杉《みすぎ》の強《つよ》い気持《きも》ちにおされて、監督《かんとく》は続投《ぞくとう》をゆるした。

一方《いっぽう》、この30分《ぷん》あまりで2点《てん》をあげた三杉《みすぎ》に、日向《ひゅうが》の心《こころ》も燃《も》えていた。

日向《ひゅうが》のこれまでの得点《とくてん》は50分《ぷん》で3点《てん》。このままではエース対決《たいけつ》としては三杉《みすぎ》に負《ま》けたままになってしまう。

東邦学園《とうほうがくえん》の北詰監督《きたづめかんとく》は、ここでタケシにも攻撃参加《こうげきさんか》のサインをだした。

「追加点《ついかてん》をねらいましょう！」とタケシに声《こえ》をかけられて、日向《ひゅうが》は「あたりまえだ」と荒々《あらあら》しくこたえた。


仕切《しき》り直《なお》しのキックオフの瞬間《しゅんかん》から日向《ひゅうが》とタケシは、はげしく攻《せ》めこんでいった。

「いくぞ、タケシ！」

「はい！」

むかえうつ武蔵中《むさしちゅう》も、あと1点《てん》で同点《どうてん》にならぶ試合《しあい》に、さらなる気合《きあ》いをいれてのぞんでいた。

「よし、みんな！　ここをしのげば、同点《どうてん》のチャンスがころがりこんでくるぞ！」

「はい!」

さァ、いよいよ、試合《しあい》もおおづめです。きびしいマークにかこまれた日向小次郎《ひゅうがこじろう》、ここは沢田《さわだ》タケシにパスか!? いや、なんと、ひとりで抜《ぬ》いたァァ! これぞ、日向小次郎《ひゅうがこじろう》! 嵐《あらし》のような男《おとこ》だァッ!

「いくぜ、武蔵中《むさしちゅう》! おれがドリブルでもちこめば、おまえらのオフサイド・トラップも通用《つうよう》しないッ!!」

日向《ひゅうが》が叫《さけ》ぶと、そこに三杉《みすぎ》が立《た》ちはだかる。

さァ 日向《ひゅうが》くんの
ドリブルを
サイドから攻《せ》め
ボールを
とめにいく
三杉《みすぎ》くん!!

「よし、日向《ひゅうが》のマークはボクがつく！　ボールをとったらすぐに速攻《そっこう》だッ!!」

今度《こんど》こそ、正真正銘《しょうしんしょうめい》のキャプテン同士《どうし》のぶつかりあいだ。

これこそ日向《ひゅうが》がのぞんだ、男同士《おとこどうし》の1対《たい》1の勝負《しょうぶ》だった。

日向《ひゅうが》にぴったりとつき、サイドからボールをうばいにかかる三杉《みすぎ》。

とられまいと、巧《たく》みなフェイントをくりだす日向《ひゅうが》。

はげしいつばぜりあいをつづけながら、ふたりは武蔵中《むさしちゅう》のゴールに近《ちか》づいていった。

「三杉《みすぎ》を……抜《ぬ》く！」

野生動物《やせいどうぶつ》のような直感《ちょっかん》と瞬発力《しゅんぱつりょく》で、日向《ひゅうが》

がドリブルのスピードを速《はや》めた。

三杉《みすぎ》もそれに反応《はんのう》するが、そのとき、三杉《みすぎ》の身体《からだ》が突然《とつぜん》グラリとかたむいた。

「日向《ひゅうが》を……とめ……」

それから三杉《みすぎ》は、日向《ひゅうが》の身体《からだ》にもたれかかるようにして、たおれていった。

「三杉《みすぎ》！」

さすがの日向《ひゅうが》もおどろいて声《こえ》をあげた。

まさか、心臓《しんぞう》が……。

日向《ひゅうが》は、自分《じぶん》がライバルだとみとめている数少《かずすく》ない選手《せんしゅ》のひとりである三杉《みすぎ》の身体《からだ》を心配《しんぱい》した。

ただ、三杉《みすぎ》は、たおれながらもヘッドで日向《ひゅうが》の足元《あしもと》のボールをカットする。

そして、それをすかさず武蔵中《むさしちゅう》FW《フォワード》がひろった。

「これは三杉《みすぎ》さんがつくったチャンスだ！」

「三杉《みすぎ》さんの指示《しじ》にしたがえ！」

「必《かなら》ず得点《とくてん》にむすびつけるんだ！」

身体《からだ》をはった三杉《みすぎ》のカットをむだにしてはならない。

三杉《みすぎ》のプランどおり、武蔵中《むさしちゅう》は速攻《そっこう》にはいっていった。

後半戦《こうはんせん》も、のこすところあと5分《ふん》。

武蔵中《むさしちゅう》が追《お》いあげるか、東邦学園《とうほうがくえん》が守《まも》りきるかの瀬戸際《せとぎわ》だった。

チームワークをほこる武蔵中《むさしちゅう》FW《フォワード》陣《じん》は、ピッチにつっぷしたままの三杉《みすぎ》のファイトにこたえるように、ノートラップでパスをまわしながらゴールをめざす。

「若島津《わかしまづ》にはロングシュートは通用《つうよう》しない」

「ゴールに近《ちか》づいて、絶対的《ぜったいてき》なかたちをつくってから、シュートをうたなければ」

「おう！」

若島津《わかしまづ》は、むかってくる武蔵中《むさしちゅう》FW《フォワード》陣《じん》をにらみつけていた。どんどん抜《ぬ》かれていくチームメイトにやきもきしながらも、ならば、自分《じぶん》がとめてやると闘志《とうし》を燃《も》やす。

「くるならこい！」

そのとき、武蔵中《むさしちゅう》FW《フォワード》本間《ほんま》のところに、美《うつく》しいパスがとおった。ゴールがねらえる絶好《ぜっこう》の位置《いち》だ。

「もらったアッ」

若島津《わかしまづ》の目《め》の前《まえ》で、本間《ほんま》は大《おお》きく足《あし》をそらせて、シュートの体勢《たいせい》にはいった。

全身《ぜんしん》に気合《きあ》いをたぎらせた若島津《わかしまづ》も、思《おも》わず叫《さけ》ぶ。

「この若島津健《わかしまづけん》、もしも、おまえらに3点目《てんめ》をいれられたら、この場《ば》でサッカーをやめてやるぜ!!!」

若島津《わかしまづ》は絶対《ぜったい》にとめるんだという強《つよ》い気持《きも》ちで、ボールにむかってとびこんだ。

ガ……ッ、ズザァアッ!

大《おお》きな衝撃音《しょうげきおん》が会場《かいじょう》にひびいた。


こ、これは……

若島津健《わかしまづけん》のミラクルセーブ!

両手《りょうて》をしっかり組《く》んで、ボールをつかんでいます!!

もしも片手《かたて》でのぞんでいたら、簡単《かんたん》に吹《ふ》きとばされていたことでしょう!

武蔵中《むさしちゅう》、絶好《ぜっこう》のチャンスを逃《のが》してしまいましたァ!

なにイ
ぐっ
こ…
これは…

たおれている三杉《みすぎ》のケアのために審判《しんぱん》がいったん時計《とけい》をとめると、武蔵中《むさしちゅう》のメンバーは、いっせいにキャプテンにかけよった。

「三杉《みすぎ》さん！」

「キャプテン！」

「……大丈夫《だいじょうぶ》だ、みんな。それより……」

三杉《みすぎ》は、心配《しんぱい》する仲間《なかま》たちの声《こえ》にこたえると、よろよろとおきあがりながらシュートの結果《けっか》をたずねた。

肩《かた》をおとしてゴールをきめられなかったことをあやまるメンバー。

三杉《みすぎ》はそれを、キャプテンとしてさわやかに力《ちから》づけた。

「みんな、がんばれ。まだのこり時間《じかん》はあるんだ。最後《さいご》まであきらめるな」

「……はい！」

それから三杉《みすぎ》自身《じしん》は、チームメイトに支《ささ》えられて、しずかにベンチにもどっていく。

武蔵中《むさしちゅう》のメンバーは、その後《ご》もけんめいにプレーしたが、無情《むじょう》にもそのまま点差《てんさ》はちぢまらず、試合終了《しあいしゅうりょう》のホイッスルがひびくことになった。

ついに、この3年間《ねんかん》、翼《つばさ》くんと対戦《たいせん》できなかった……。

三杉《みすぎ》は、ベンチから夏《なつ》の空《そら》を見《み》あげて、大空翼《おおぞらつばさ》のことを思《おも》った。


都大会《とたいかい》を勝《か》ちぬいた日向《ひゅうが》のもとに、ひとりの男《おとこ》が訪《たず》ねてきた。

日向《ひゅうが》の明和《めいわ》FC《エフシー》時代《じだい》の監督《かんとく》、吉良耕三《きらこうぞう》だ。

「吉良監督《きらかんとく》！」

突然《とつぜん》の再会《さいかい》におどろく日向《ひゅうが》にかまわず、決勝戦《けっしょうせん》での日向《ひゅうが》のたたかいぶりを見《み》ていた吉良《きら》はいう。

「小次郎《こじろう》、しばらく見《み》ないうちに、おまえずいぶん、やさしくなったな。いまのおまえは、牙《きば》の抜《ぬ》けおちた虎《とら》よ！」

たたかいの場《ば》であるピッチに立《た》っているのに、三杉《みすぎ》に温情《おんじょう》をかけた日向《ひゅうが》。そのあまさのせいで、ボールをうばわれ、武蔵中《むさしちゅう》に速攻《そっこう》をゆるすかたちになったのだと吉良《きら》は指摘《してき》した。

「若島津《わかしまづ》のファインプレーがあったからよかったものの、同点《どうてん》にされていたら、すべての責任《せきにん》はおまえにあった。わしはそんなあまいサッカーをおまえに教《おし》えた覚《おぼ》えはないぞ」

吉良《きら》は日向《ひゅうが》をきびしく責《せ》めた。そして、はっきりいいはなった。

「小次郎《こじろう》、一度《いちど》ピッチにはいったなら、やさしさなどすてろ！　昔《むかし》のおまえだったら、三杉《みすぎ》の心臓《しんぞう》をけやぶってでもゴールをめざしたはずだ!!」

サッカー選手《せんしゅ》としての自分《じぶん》を育《そだ》てた恩師《おんし》の言葉《ことば》に、日向《ひゅうが》は呆然《ぼうぜん》としていた。

たしかに、サッカー特待生《とくたいせい》として東邦学園《とうほうがくえん》にはいり、好《す》きなだけサッカーにうちこめるようになったいまの自分《じぶん》には、ハングリー精神《せいしん》が欠《か》けているのかもしれない。きびしい家計《けい》を助《たす》けるために働《はたら》きながら、弟《おとうと》や妹《いもうと》の世《せ》話《わ》をして、それでも必死《ひっし》にサッカーにくらいついていたあのころにくらべたら……。

「タケシや若島津《わかしまづ》、ほかの連中《れんちゅう》も、いまのままのおまえでは、そのうちついていかなくなるぞ。自分《じぶん》の夢《ゆめ》にむかって着実《ちゃくじつ》に実力《じつりょく》をつけて成長《せいちょう》しているあの大空翼《おおぞらつばさ》にも、おまえでは手《て》がとどかなくなるぞ」

日向《ひゅうが》がひと言《こと》もかえせないでいると、去《さ》り際《ぎわ》に吉良《きら》が告《つ》げた。

「わしはいま、沖縄《おきなわ》でサッカースクールを開《ひら》いて、コーチをしている。小学生時代《しょうがくせいじだい》から4

年連続《ねんれんぞく》で大空翼《おおぞらつばさ》に負《ま》けたくなかったら、いつでも訪《たず》ねてこい」

全国大会《ぜんこくたいかい》の東京代表《とうきょうだいひょう》が東邦学園《とうほうがくえん》に決定《けってい》したニュースは、全国《ぜんこく》をかけめぐり、翼《つばさ》のもとにもとどいた。

翼《つばさ》は都大会決勝戦《とたいかいけっしょうせん》での三杉《みすぎ》の健闘《けんとう》をたたえるとともに、この夏《なつ》もまた日向《ひゅうが》とのたたかいがやってくることに思《おも》いをはせた。

そして、そんな翼《つばさ》にもう一《ひと》つ、とどいたものがあった。

ドイツの若林源三《わかばやしげんぞう》からの手紙《てがみ》だ。

元気《げんき》でやってるか、翼《つばさ》。
おれは見上《みかみ》さんが日本《にほん》に帰《かえ》ったあとも、ここハンブルクのクラブチームに通《かよ》って、毎日練習《まいにちれんしゅう》を積《つ》んでいる。

日本《にほん》ではそろそろ全国大会《ぜんこくたいかい》がはじまったころじゃないか。

当然《とうぜん》、静岡代表《しずおかだいひょう》にはなっただろうな。

でも、試合《しあい》に勝《か》ったというおまえの自慢話《じまんばなし》はもう聞《き》きあきた。

試合《しあい》に負《ま》けたときだけ手紙《てがみ》をくれ。その相手《あいて》がどんなヤツなのか、知《し》りたいからだ。

まァ、しかし、日本《にほん》にはもうおまえにかなう相手《あいて》はいないだろうな。

でも、世界《せかい》にはいるぜ。このあいだも、偶然《ぐうぜん》にもこのドイツでおれたちと同《おな》い年《どし》の日本人《にほんじん》で、すごい実力《じつりょく》をもったヤツに出会《であ》った。

そいつの名《な》は、岬太郎《みさきたろう》。

おどろくだろ?

岬《みさき》はいま、フランスに住《す》んでる。おれがヨーロッパのサッカー専門誌《せんもんし》にのっているのを見《み》て、訪《たず》ねてきてくれたんだ。

もちろん岬《みさき》もいまもサッカーをつづけていて、一緒《いっしょ》にボールをけりあったよ。

翼《つばさ》、岬《みさき》はあいかわらずいいボールさばきをしていたぞ。

おれは確信《かくしん》した。岬太郎《みさきたろう》、こいつもきっと将来《しょうらい》、プロになる、と——。

翼《つばさ》、おまえもがんばって、全国制覇《ぜんこくせいは》V3《ヴイスリー》をなしとげろ。


じゃあ、今日《きょう》はこのへんで。

ドイツより　若林源三《わかばやしげんぞう》

若林《わかばやし》くんからのたよりは、いつだって勇気《ゆうき》をはこんでくれる。でも、こんなにうれしい知《し》らせはそうそうない、と翼《つばさ》は思《おも》った。

岬太郎《みさきたろう》が元気《げんき》で、いまもサッカーをつづけていた。その事実《じじつ》が翼《つばさ》を力《ちから》づけた。

若林《わかばやし》くんがドイツ、岬《みさき》くんはフランス、そして、今度《こんど》はおれがブラジルにわたって……。

それぞれが世界《せかい》を舞台《ぶたい》にしのぎをけずっていく。そして、日本代表《にほんだいひょう》としてみんなで集結《しゅうけつ》して、いつかワールドカップで優勝《ゆうしょう》する！

手紙《てがみ》を読《よ》んで、翼《つばさ》は自分《じぶん》の夢《ゆめ》をかみしめた。
それはきっと、手《て》のとどかない夢《ゆめ》じゃない。
翼《つばさ》は、ぐんと自分《じぶん》の世界《せかい》がひろがっていくような感覚《かんかく》を覚《おぼ》えた。

４ カミソリパワーの爆《ばく》発《はつ》

翼《つばさ》たちの世代《せだい》にとっての、最後《さいご》の全国中学生《ぜんこくちゅうがくせい》サッカー大会《たいかい》。47チームの都道府県代表《とどうふけんだいひょう》がすべて決定《けってい》した。

史上初《しじょうはつ》の全国制覇《ぜんこくせいは》Ｖ３《ヴイスリー》をねらう静岡《しずおか》の南葛中《なんかつちゅう》を筆頭《ひっとう》に、全国大会常連《ぜんこくたいかいじょうれん》チームである北海道《ほっかいどう》のふらの中《ちゅう》に秋田《あきた》の花輪中《はなわちゅう》。新勢力《しんせいりょく》としては大阪《おおさか》の東一中《あずまいっちゅう》や長崎《ながさき》の比良戸中《ひらどちゅう》などが出場《しゅつじょう》する。

そして、南葛中《なんかつちゅう》と注目《ちゅうもく》を二分《にぶん》するのが日向小次郎《ひゅうがこじろう》ひきいる東京代表《とうきょうだいひょう》の東邦学園《とうほうがくえん》。だが、沢田《さわだ》タケシや若島津健《わかしまづけん》もそろう学園《がくえん》のサッカーグラウンドに、日向《ひゅうが》の姿《すがた》だけがなかった。

「どういうことだ！　日向《ひゅうが》はまだもどらんのか！」

北詰誠監督《きたづめまことかんとく》がほえる。

県大会決勝戦《けんたいかいけっしょうせん》から全国大会開幕《ぜんこくたいかいかいまく》までの1週間《しゅうかん》、東邦学園《とうほうがくえん》のメンバーは最終調整《さいしゅうちょうせい》に明《あ》け暮《く》れていた。その調整《ちょうせい》にキャプテンの日向《ひゅうが》が一度《いちど》も参加《さんか》していないのだ。

「いったい、あいつはなにを考《かんが》えているんだ」

「監督《かんとく》……キャプテンは吉良監督《きらかんとく》のいる沖縄《おきなわ》にいったんだと思《おも》います」

おそるおそる若島津《わかしまづ》が伝《つた》えると、北詰監督《きたづめかんとく》の怒《いか》りにさらに火《ひ》がついた。

「なにィ？　吉良《きら》？　何者《なにもの》だそいつは！　日向《ひゅうが》はサッカー特待生《とくたいせい》としてうちにきたんだぞ？　キャプテンでありながら、大事《だいじ》なときにひとり勝手《かって》な行動《こうどう》をとるなんて……。わしは、ゆるさんぞ！」

「でも、キャプテンはきっと大会《たいかい》までにはもどってくるはずです」

「いや、もうもどってこなくてけっこう！　そのかわり、高校《こうこう》、大学《だいがく》までつづくはずだった日向《ひゅうが》へのサッカー特待生《とくたいせい》としてのサポートを一切《いっさい》ストップする！」

「えっ」

思《おも》いがけず大《おお》きくなっていく話《はなし》に、東邦学園《とうほうがくえん》のメンバーは愕然《がくぜん》とした。

「全国大会《ぜんこくたいかい》はあいつ抜《ぬ》きでたたかうぞ！」

「監督《かんとく》……」

北詰監督《きたづめかんとく》は本気《ほんき》の表情《ひょうじょう》だった。

若島津《わかしまづ》の読《よ》みどおり、日向《ひゅうが》は沖縄《おきなわ》にいた。

四方八方《しほうはっぽう》からふきつけるはげしい風《かぜ》、全身《ぜんしん》を飲《の》みこむようにおそいかかる高《たか》い波《なみ》。台風《たいふう》が直撃《ちょくげき》しようという大荒《おおあ》れの天候《てんこう》のなかで、日向《ひゅうが》は吉良耕三《きらこうぞう》にしごかれて、朝《あさ》から夜中《よなか》までサッカーボールをけっていた。

「うおおおおおおおおお！」

野生《やせい》の獣《けもの》のようにおたけびをあげて、波打《なみう》ち際《ぎわ》を走《はし》る。

にらみをきかせて、大波《おおなみ》にいどむようにボールをけりつづけるが、あるときは、はげしい波《なみ》しぶきに身体《からだ》をたおされる。

「く、くそ……」

はぁはぁはぁ……

視界《しかい》がぼやけ、息《いき》をするのもやっとなほど、日向《ひゅうが》の身体《からだ》はボロボロだった。

「おい見《み》ろよ、あの東京《とうきょう》からきたひと。あんなに波《なみ》があるのに、まだ海《うみ》で練習《れんしゅう》してるぜ」

「とめなくていいのかよ」

サッカースクールに通《かよ》う地元《じもと》の子《こ》どもたちが、その様子《ようす》を見《み》て青《あお》ざめていた。

「サッカーってあんなにまでして、やる必要《ひつよう》あるのかな……」

日向《ひゅうが》は、東京《とうきょう》で自分《じぶん》の立場《たちば》がどんなことになっているかも知《し》らずに、ただただボールにむかっていた。

「うおおおおお！」

日向《ひゅうが》の心《こころ》にあるのは、たった一《ひと》つの思《おも》いだった。

「おれはもう、負《ま》けるのはいやだ。大空翼《おおぞらつばさ》に負《ま》けるのは、もう、たくさんだアアア……ッ！」

その思《おも》いがいまにも意識《いしき》を失《うしな》いそうな日向《ひゅうが》をつきうごかしていた。

ザッ……パアアアン！

おしよせる荒波《あらなみ》をもうちくだく、大《おお》きなパワーをはらんだシュートがはなたれる。

シュートしたあとも、うちよせる波《なみ》の動《うご》きにびくともしない強《つよ》い足腰《あしこし》で、日向《ひゅうが》は波《なみ》のなかに立《た》っていた。もはや腰《こし》まで海《うみ》につかった状態《じょうたい》のまま、飢《う》えた肉食獣《にくしょくじゅう》のような目《め》をギラギラさせている。

大空《おおぞら》翼《つばさ》に負《ま》けるのはもう たくさんだァ〜〜〜〜〜〜〜〜っ!!
その爆発的《ばくはつてき》なキック力《りょく》

それを見《み》つめて吉良監督《きらかんとく》はうなずいた。

「とうとう、やったか。小次郎《こじろう》。燃《も》えたぎる闘志《とうし》をとりもどし、猛虎《もうこ》はいま、完全《かんぜん》によみがえった……！」

やがて、台風《たいふう》がとおりすぎ、キラキラとした太陽《たいよう》の光《ひかり》が海岸《かいがん》にさす。

力《ちから》つきて、ばったりと砂浜《すなはま》にたおれている日向《ひゅうが》のほおも照《て》らしている。

「おきろ、小次郎《こじろう》」

ひびいた声《こえ》に目《め》を開《ひら》く日向《ひゅうが》。

「この1週間《しゅうかん》よくたえたな」

吉良監督《きらかんとく》がやさしい微笑《ほほえ》みをうかべてそばに立《た》っていた。

そして、東京《とうきょう》までの航空券《こうくうけん》をわたしてくれる。

「いけ、小次郎《こじろう》。大《おお》いにあばれてこい！」

日向《ひゅうが》は、力強《ちからづよ》く、すがすがしく、こたえた。

「はい！」

しかし、日向《ひゅうが》が特訓《とっくん》を終《お》えたその日《ひ》はもう、全国大会《ぜんこくたいかい》の開会式当日《かいかいしきとうじつ》だった。

東京《とうきょう》では、東邦学園《とうほうがくえん》の選手《せんしゅ》たちが会場《かいじょう》となる大宮《おおみや》サッカー場《じょう》にむかう準備《じゅんび》をしている。

「とうとう日向《ひゅうが》さんはこなかった……」

「本当《ほんとう》にキャプテンなしでたたかうのか……？」

日向《ひゅうが》が姿《すがた》を消《け》してから1週間《しゅうかん》、なんの連絡《れんらく》もとどいていなかった。

大会《たいかい》までには必《かなら》ず帰《かえ》ってくると信《しん》じていたタケシや若島津《わかしまづ》は、あまりのことに言葉《ことば》を失《うしな》っていた。

8月《がつ》の太陽《たいよう》がグラウンドに整列《せいれつ》する選手《せんしゅ》たちを熱《あつ》くこがす。

埼玉《さいたま》にある大宮《おおみや》サッカー場《じょう》で、第《だい》16回全国中学生《かいぜんこくちゅうがくせい》サッカー大会《たいかい》の開会式《かいかいしき》がはじまった。

過去《かこ》2大会《たいかい》の優勝校《ゆうしょうこう》のキャプテンとして、優勝旗《ゆうしょうき》の返還《へんかん》を行《おこな》う翼《つばさ》。

いまだ姿《すがた》をあらわさない日向小次郎以外《ひゅうがこじろういがい》、ずらりとならぶ47チームの都道府県代表《とどうふけんだいひょう》の選《せん》手《しゅ》たちが、その姿《すがた》をジリジリとしたまなざしで見《み》つめていた。

チームはちがえど、めざすものは、ただ一《ひと》つ。

今年《ことし》こそは、おれたちがその旗《はた》を――。

グラウンドにみちていく熱気《ねっき》が、翼《つばさ》の身体《からだ》にもビリビリと伝《つた》わってきていた。

それでも、と翼《つばさ》は思《おも》う。

誰《だれ》にもわたさない。優勝旗《ゆうしょうき》は、大会最終日《たいかいさいしゅうび》におれがまた手《て》にするんだ！

翼《つばさ》のしずかな表情《ひょうじょう》の下《した》には、ほかのどの選手《せんしゅ》にも負《ま》けない気迫《きはく》がやどっていた。


南葛中《なんかつちゅう》の大会初戦《たいかいしょせん》は、開会式《かいかいしき》のあと、そのまま同《おな》じグラウンドで行《おこな》うことになっていた。

この日《ひ》に試合《しあい》の予定《よてい》がないチームの選手《せんしゅ》たちはみんな、史上初《しじょうはつ》の3連覇《れんぱ》をねらう南葛中《なんかつちゅう》のたたかいぶりを確《たし》かめようと、会場《かいじょう》にのこって観戦《かんせん》する。

南葛中《なんかつちゅう》の対戦相手《たいせんあいて》は、大阪《おおさか》の東一中《あずまいっちゅう》。強豪《きょうごう》チーム難波中《なにわちゅう》をやぶって、全国大会初出場《ぜんこくたいかいはつしゅつじょう》をきめたチームだ。

「それにしてもついてないぜ、この組《く》み合《あ》わせ。どう勝《か》ちすすんだとしても、強豪《きょうごう》チームとばかりかちあっちまう」

トーナメント表《ひょう》を眺《なが》めて、石崎《いしざき》がぼやいた。

すると、井沢《いざわ》、来生《きすぎ》、滝《たき》がそろっていう。

「ま、どっちにしても、一度《ど》でも負《ま》けたらそこで終《お》わりのトーナメント戦《せん》だからな」

「そうそう。すべての相手《あいて》をたおさないかぎり、優勝《ゆうしょう》はないんだ」

「だったら、どことあたろうと同《おな》じこと。勝《か》つのみ、だ！」

仲間《なかま》たちのあふれるやる気《き》をうけとめて、石崎《いしざき》が笑《わら》った。

「そりゃそうだけどよ。それにしても、みんな、燃《も》えてるじゃんか！」

「あたりまえよ！」

「おれたち3年《ねん》にはこれが最後《さいご》の大会《たいかい》なんだ。一度《ど》だって負《ま》けてたまるかってんだ」

キャプテンの翼《つばさ》はそんなみんなを見《み》て、微笑《ほほえ》んだ。

本当《ほんとう》に、たのもしい仲間《なかま》たちだ。


いよいよ今大会《こんたいかい》のオープニング・ゲームがはじまろうとしています！

対決《たいけつ》するのは、静岡代表南葛中《しずおかだいひょうなんかつちゅう》と大阪代表東一中《おおさかだいひょうあずまいっちゅう》！

V3《ヴイスリー》をねらう南葛中《なんかつちゅう》の初戦《しょせん》とあって、

各都道府県《かくとどうふけん》の代表選手《だいひょうせんしゅ》たちも鋭《するど》く見《み》つめています。
対《たい》する東一中《あずまいっちゅう》は初出場校《はつしゅつじょうこう》、
そのプレースタイルが気《き》になるところ！
いったい、どんな展開《てんかい》となるのでしょうか……!?

実況《じっきょう》アナウンスに背中《せなか》をおされるように、両《りょう》チームの選手《せんしゅ》がピッチにはいってくる。

「静岡県代表《しずおかけんだいひょう》！　絶対優勝《ぜったいゆうしょう》しろよ！　しなかったら、しょうちしないからな！」

「おう、まかせとけ！」

大友中《おおともちゅう》の浦辺《うらべ》や新田《にった》たちからのエールがとどいて、南葛中《なんかつちゅう》のメンバーが笑顔《えがお》でこたえた。

ただ、そこに東一中《あずまいっちゅう》のキャプテンがからんでくる。

短髪《たんぱつ》でキリッと鋭《するど》い目《め》つきをした少年《しょうねん》だ。

「てめえら、うかれてねえで、さっさと整列《せいれつ》しろよ」

「なんだと!?」

カチンときた石崎《いしざき》がつかみかかりそうになるのを来生《きすぎ》がとめる。

そんな石崎《いしざき》を気《き》にもせず、東一中《あずまいっちゅう》キャプテンは翼《つばさ》に話《はな》しかけた。

「おまえが大空翼《おおぞらつばさ》か。実際《じっさい》に会《あ》ってみると、たいしてでかくねえな。あんたのマークはおれがするからよろしくな」

そこまでいうと、東一中《あずまいっちゅう》キャプテンは審判《しんぱん》に私語《しご》を注意《ちゅうい》されて、だまった。

そっと井沢《いざわ》が翼《つばさ》に耳打《みみう》ちする。

「あいつがＤＦ《ディフェンダー》でありながら大阪《おおさか》の決勝戦《けっしょうせん》で、あの難波中《なにわちゅう》のキーパー中西《なかにし》をやぶって決勝《けっしょう》ゴールをうばった早田誠《そうだまこと》だ」

「うん」

翼《つばさ》は波乱《はらん》の予感《よかん》に息《いき》をのんだ。


われんばかりの歓声《かんせい》がピッチに立《た》つ選手《せんしゅ》たちの心《こころ》を震《ふる》わせる。

コイントスによって、前半戦《ぜんはんせん》は南葛中《なんかつちゅう》ボールでキックオフとなった。

「よし！　みんな、パスをまわしていくぞォ！」

Ｖ３《ヴィスリー》にむけての第一歩《だいいっぽ》、翼《つばさ》の高《たか》らかなかけ声《ごえ》とともに南葛中《なんかつちゅう》の攻撃《こうげき》がはじまった。

いつものように、ていねいにパスをまわしていく南葛中《なんかつちゅう》MF《ミッドフィルダー》陣《じん》。おちついて立《た》ちあがりのパスまわしをすることによって、自分《じぶん》たちのペースをつくっていこうとする。

だが、それをかきみだすように、東一中《あずまいっちゅう》DF《ディフェンダー》早田《そうだ》がわってはいってきた。

「バカヤロウ。ちんたらやってんじゃねえよッ!!　おまえらにV3《ヴイスリー》は……ねえ！」

ボールをカットした早田《そうだ》は、すぐにタテにパスをだす。

だが、これは翼《つばさ》がしっかりパスカットをしかえした。

翼《つばさ》ははげしくぶつかってくる早田《そうだ》のプレーをうけて、思《おも》った。

そうだ。V3《ヴイスリー》のことなんて考《かんが》えながら試合《しあい》してちゃダメだ。いつだって目《め》の前《まえ》にある一戦《いっせん》が大事《だいじ》なんだ。この試合《しあい》も全力《ぜんりょく》でたたかいぬくぞ。

思《おも》いがけず、カツをいれられた翼《つばさ》。

気合《きあ》いをいれなおしてドリブルをしかけると、早田《そうだ》がぴたりとマークについてくる。

いつもなら、抜群《ばつぐん》のスピードをほこるドリブルでふりきるところだが、早田《そうだ》の足《あし》は翼《つばさ》におとらない速《はや》さをもっていた。

ここで早田《そうだ》がしかける。

「おれは足《あし》が速《はや》いだけじゃねえぜ……カミソリタックルだ!!」

翼《つばさ》の目《め》には早田《そうだ》が突然《とつぜん》消《き》えたように見《み》えた。

早田《そうだ》は翼《つばさ》の視界《しかい》をさけるようにまわりこみ、反対側《はんたいがわ》からスライディング・タックルをくりだした。

ガシィ……ッ!!!

「な、なにィ」

予想外《よそうがい》の方向《ほうこう》からの衝撃《しょうげき》に、翼《つばさ》の身体《からだ》がたおされた。

ファウルすれすれの技《わざ》だ。

しかし、審判《しんぱん》のホイッスルはならずボールがこぼれて、東一中《あずまいっちゅう》の大《だい》チャンスとなった。

「よっしゃ！」

先制点《せんせいてん》をもぎとるべく、ここぞとばかりに速攻《そっこう》にはいる東一中《あずまいっちゅう》。DF《ディフェンダー》の早田《そうだ》までもがあがっての総攻撃《そうこうげき》だ。

ボールを低《ひく》めにコントロールしたFW《フォワード》井手充《いでみつる》のグラウンダーパスでゴール前《まえ》に折《お》りかえすと、FW《フォワード》小野寺和康《おのでらかずやす》がそれをスルー。それを見《み》こしてオーバーラップしてきた早田《そうだ》がシュートの体勢にはいる。

「いっけェェ！　カミソリシュート!!」

鋭いシュートがぶっぱなされて、南葛中のキーパー森崎有三がとっさに反応する。


けれども、その瞬間、グワンッとシュートの軌道が変わった。

ボールはえぐるようなカーブをえがいて、ゴールの右すみにささっていく。

ゴ、ゴ、ゴォオォーールッ！
前半5分、王者南葛中まさかの

き‥きまったァ
ボールは大きく弧をえがき
えぐるようにゴール右スミに
つきささったァ!!
これが早田くんの
カミソリシュートだ!!

よっしゃあ

失点《しってん》！
きめたのは東一中《あずまいっちゅう》ＤＦ《ディフェンダー》早田《そうだ》
誠《まこと》！！
初出場《はつしゅつじょう》の東一中《あずまいっちゅう》が今大会《こんたいかい》
初得点《はつとくてん》をあげましたァァ！！

「見《み》たか！　大空翼《おおぞらつばさ》！」

早田《そうだ》が力強《ちからづよ》くガッツポーズをかかげた。

インパクトの大《おお》きなシュートに会場《かいじょう》がわいた。

スタンドから見《み》ている代表選手《だいひょうせんしゅ》たち――花輪中《はなわちゅう》の立花兄弟《たちばなきょうだい》やふらの中《ちゅう》の松山光《まつやまひかる》、比良戸中《ひらどちゅう》の次藤洋《じとうひろし》

前半《ぜんはん》5分《ふん》
王者《おうじゃ》・南葛《なんかつ》
早《はや》くも
先取点《せんしゅてん》を
ゆるす結果《けっか》に
なってしまいました!!

らも騒然《そうぜん》としている。南葛中《なんかつちゅう》をたおすのは自分《じぶん》のチームだと意気《いき》ごんでいる彼《かれ》らにとっても、まさかの展開《てんかい》だった。

翼《つばさ》は早々《そうそう》の失点《しってん》にチームがうき足《あし》だたないように、チームメイトに声《こえ》をかける。

「試合《しあい》はまだはじまったばかりだ。あせらず気《き》をとりなおしていこう」

それから、キーパーの森崎《もりさき》にアドバイスをおくった。

「ヤツのシュートは恐《おそ》ろしいほどの回転《かいてん》がかかっているみたいだ。要注意《ようちゅうい》だぞ」


ゲームが再開《さいかい》されると、翼《つばさ》はボールをキープしながら、攻撃《こうげき》のタイミングをうかがった。

「1点《てん》とりゃ、あとは、おまえをマークしておさえればいいだけだ。それで、この試合《しあい》はおれたちがいただく！」

へへッと笑《わら》う早田《そうだ》に、翼《つばさ》の闘志《とうし》が刺激《しげき》される。

翼《つばさ》は、華麗《かれい》な足《あし》さばきで早田《そうだ》をかわすと、来生《きすぎ》へパスをだした。

「いくぞ！　南葛《なんかつ》は翼《つばさ》だけじゃないとこを、見《み》せてやる！」

来生《きすぎ》が叫《さけ》ぶと、井沢《いざわ》と滝《たき》も攻《せ》めに走《はし》る。

南葛中攻撃陣《なんかつちゅうこうげきじん》による正面突破《しょうめんとっぱ》だ。

それでも早田《そうだ》は、翼《つばさ》にぴたりとついてくる。

ヘビのようにしつこい早田《そうだ》のマークに、翼《つばさ》は舌《した》をまいた。

「くそっ、ボールをもってなくてもマークするつもりか」

「そりゃそうよ。地獄《じごく》の底《そこ》までマークしてやるぜ」

「こうなったら運動量《うんどうりょう》で勝負《しょうぶ》だ！　動《うご》きまわってマークをふりきってやる」

「へっ、おれは走《はし》り負《ま》けはしないぜ！」

ただ、早田《そうだ》も内心《ないしん》、翼《つばさ》のすきのなさに舌《した》をまいていた。

さすがだ。一度目《どめ》はうまくカミソリタックルをきめられたが、もうタックルできるすきを見《み》せてくれねえ。

翼《つばさ》と早田《そうだ》は、もつれあうようにして東一中《あずまいっちゅう》のゴール前《まえ》へすすんでいった。

ペナルティエリアに近《ちか》づいたところで、井沢《いざわ》から翼《つばさ》にパスがとおる。

そこで翼《つばさ》はフェイントをしかけて、ＦＷ《フォワード》にむけてクロスをあげようとした。

しかし、そのとき——。

ザザ……ッ！

翼《つばさ》の足《あし》に、早田《そうだ》のスライディング・タックルがぶつかってきた。

さすがにこれは、ファウルだ。

だが、いったんマークにつくときめたら、どんなことをしてでもとめるのが早田《そうだ》のやり方《かた》だった。

「あのやろう！　いまのはわざと……！」

危険《きけん》なプレーに石崎《いしざき》がほえる。

「く……そ……」

翼《つばさ》もその表情《ひょうじょう》に怒《いか》りをにじませた。

攻《せ》めてはいるものの翼《つばさ》を封《ふう》じられて、なかなかペースをつかめない南葛中《なんかつちゅう》に、スタンドの浦辺《うらべ》たちから声《こえ》がとんだ。

「どうした、しっかりしろ！　おれたちとたたかったときのように、翼《つばさ》がいなくたってやれるってとこを見《み》せてやれ！」

そのしったに、来生《きすぎ》、滝《たき》、井沢《いざわ》がふるいたった。

「そうだ」

「翼《つばさ》でチャンスがつかめないなら……」

「おれたちでつくるぞ!!」

それから3人《にん》の気合《きあ》いのはいったドリブルと速《はや》いパスまわしが展開《てんかい》されていく。

たのもしいその姿《すがた》に、南葛中《なんかつちゅう》の仲間《なかま》たちから「たのむぞ、修哲《しゅうてつ》トリオ!!」となつかしい小学生時代《しょうがくせいじだい》の呼《よ》び名《な》も飛《と》びだした。

南葛中《なんかつちゅう》の攻《せ》めこみに、東一中《あずまいっちゅう》のゾーンディフェンスがだんだんくずれていく。

「バカヤロウ！　そんなヤツらに手《て》こずるな！」

チームメイトに怒鳴《どな》る早田《そうだ》。すると、翼《つばさ》は、早田《そうだ》の意識《いしき》が自分《じぶん》からそれたその一瞬《いっしゅん》のすきをついて走《はし》りだした。

「滝《たき》！　翼《つばさ》がノーマークだ！」

「おう！」

すかさず翼《つばさ》にあわせてボールをおくる滝《たき》。

東一中《あずまいっちゅう》のＤＦ《ディフェンダー》にかすり、たますじが少《すこ》し変《か》わるが、これに翼《つばさ》もあわせにいく。

この試合《しあい》ではじめてのチャンス、絶対《ぜったい》にものにするッ!!!

翼《つばさ》は、オーバーヘッドキックのかまえをとって、高《たか》くジャンプした。

そこへ、追《お》いついた早田《そうだ》がジャンピング・ボレーのかまえでむかえうつ。

ビッシィ……ッ!

ふたりの足《あし》がボールをはさんで空中《くうちゅう》で激突《げきとつ》した。

翼《つばさ》のオーバーヘッドは、早田《そうだ》のブロックにはじかれてしまった。

こぼれたボールを井沢《いざわ》がひろって、すかさずロングシュートをはなつが、東一中《あずまいっちゅう》キーパー辻亮太《つじりょうた》がしっかりとキャッチ。

東一中《あずまいっちゅう》の守《まも》りはかたかった。

「う～ん、やっと少《すこ》し南葛《なんかつ》らしい攻《せ》めのかたちにはなってきたが……」

「キャプテンの早田《そうだ》がＤＦ《ディフェンダー》をしているだけあって、東一中《あずまいっちゅう》はやっぱり守《まも》りのチームか」

「翼《つばさ》のオーバーヘッドをふせぐとは、あの早田《そうだ》、なかなかやるぜ」

スタンドにいる代表選手《だいひょうせんしゅ》たちが東一中《あずまいっちゅう》のプレーに感心《かんしん》しはじめた。

そこに、「そうや、みんなのいうとおりや」と声《こえ》がひびく。

小学生時代《しょうがくせいじだい》から全国大会《ぜんこくたいかい》で翼《つばさ》たちとたたかってきた難波中《なにわちゅう》のキーパー、中西太一《なかにしたいち》だった。大阪府大会《おおさかふたいかい》の決勝《けっしょう》で東一中《あずまいっちゅう》にやぶれたチームのキャプテンだけあって、そのこわさは身《み》にしみてわかっていた。

「東一中《あずまいっちゅう》は守《まも》りのチームや。大阪府大会《おおさかふたいかい》も最後《さいご》まで失点《しってん》ゼロにおさえて、守《まも》りに絶対《ぜったい》の自《じ》信《しん》をもっているんや。そして、あの早田誠《そうだまこと》の関西《かんさい》での異名《いみょう》は……『エース殺《ごろ》しの早田《そうだ》』。ヤツは相手《あいて》チームのエースについて徹底的《てっていてき》にマークする。うちのFW《フォワード》もそのあげくに足《あし》を痛《いた》めて、とうとう得点《とくてん》できなかったんや」

「エース殺《ごろ》しの早田《そうだ》……」

物騒《ぶっそう》な話《はなし》に、花輪中《はなわちゅう》の立花兄弟《たちばなきょうだい》やふらの中《ちゅう》のメンバーたちが息《いき》をのんだ。

おっと、ここで前半戦《ぜんはんせん》、終了《しゅうりょう》！

ここまでの結果《けっか》は、なんと南葛中《なんかつちゅう》の1点《てん》ビハインド。

初出場《はつしゅつじょう》の東一中《あずまいっちゅう》が王者南葛中《おうじゃなんかつちゅう》をリードして折《お》りかえします！

「よーし、みんなよくやったぞ！」

東一中《あずまいっちゅう》の監督《かんとく》がベンチにもどってきた選手《せんしゅ》たちをたたえた。

「どうだ、早田《そうだ》。後半《こうはん》にはいってても大空翼《おおぞらつばさ》のマークにつけるか？　きつそうならもうひとりマークをふやすぞ」

監督《かんとく》の言葉《ことば》に、早田《そうだ》は「心配《しんぱい》いりませんよ」とこたえる。

「ヤツは……足《あし》をケガしていますす」

「えっ」

「この試合《しあい》はもういただきです」

早田《そうだ》はニヤリと笑《わら》った。

一方《いっぽう》、南葛中《なんかつちゅう》のベンチは、後半戦《こうはんせん》にむけて、メンバー同士《どうし》おたがいにはっぱをかけあっていた。

「くそっ、あと一歩《いっぽ》だ！」

「大丈夫《だいじょうぶ》！　後半絶対追《こうはんぜったいお》いつけるぜ！」

「同点《どうてん》にして、逆転《ぎゃくてん》だ！」

選手《せんしゅ》たちが心《こころ》を鼓舞《こぶ》するように口々《くちぐち》に叫《さけ》ぶと、古尾谷監督《ふるおやかんとく》が後半戦《こうはんせん》のたたかい方《かた》の指示《しじ》をだす。

「立《た》ちあがりにまず1点《てん》だ。とにかく、あせるな。いつものプレーをすれば必《かなら》ず勝《か》てるからな！」

「はいっ！」

それから、監督《かんとく》は翼《つばさ》に声《こえ》をかけた。

「翼《つばさ》、マークがきついと思《おも》うが、たのむぞ」

「はい！」

翼《つばさ》は、足首《あしくび》に痛《いた》みを感《かん》じながら、けれども、それをかくして返事《へんじ》をした。

みんなの士気《しき》があがっているいま、この足《あし》のことは知《し》らせられない。

翼《つばさ》は、めがねがトレードマークで、南葛小時代《なんかつしょうじだい》からの仲間《なかま》である大川学《おおかわまなぶ》にそっとたのみごとをした。

学《まなぶ》にマネージャーの早苗《さなえ》を呼《よ》んできてもらって、チームメイトにはないしょのまま、こっそり手当《てあ》てしてもらおうと考《かんが》えたのだ。

たのまれた学《まなぶ》は、翼《つばさ》がひとりやすんでいる部屋《へや》へ早苗《さなえ》をつれていく。

翼《つばさ》はスパイクとソックスをぬいで、はれあがった足首《あしくび》を見《み》つめていた。

「翼《つばさ》くん、足《あし》を……？」

「うん、小学生時代《しょうがくせいじだい》の大会《たいかい》の決勝戦《けっしょうせん》で痛《いた》めた古《ふる》きずをまたやっちまった。でも、たいしたことはないと思《おも》うよ」

翼《つばさ》は早苗《さなえ》に素直《すなお》にうちあけて、テーピングをおねがいした。

こんなことをたのめるのは、早苗《さなえ》しかいない。

手際《てぎわ》よく手当《てあ》てされていく足首《あしくび》に、翼《つばさ》はあたたかなやさしさを感《かん》じていた。

「はい、終《お》わったわ」

「ありがとう」

「……大丈夫《だいじょうぶ》？」と不安《ふあん》そうな顔《かお》をする早苗《さなえ》に、翼《つばさ》はたのもしい笑顔《えがお》をむけた。

「ああ、大丈夫《だいじょうぶ》。必《かなら》ず、勝《か》つよ」

翼《つばさ》がチームメイトたちのいるロッカールームにもどると、ちょうど石崎《いしざき》が翼《つばさ》をさがしにろうかにでようとしているところだった。

石崎《いしざき》は翼《つばさ》の顔《かお》を見《み》て「なんだ、トイレか」と笑《わら》う。

翼《つばさ》もあわせるように笑《わら》って、チームメイトを見《み》まわして声《こえ》をかけた。

「うん。さっぱりしたところで、後半戦《こうはんせん》いくぞ！　みんな！」


こうして後半戦《こうはんせん》がスタートした。

キックオフからボールをキープする東一中《あずまいっちゅう》に、パスカットをしかける南葛中《なんかっちゅう》。

ボールは、すぐに翼《つばさ》にわたっていく。

ただ、翼《つばさ》がボールをもっても、東一中《あずまいっちゅう》は1点先行《てんせんこう》しているせいか前半《ぜんはん》よりおちついていた。

翼《つばさ》にはあいかわらず早田《そうだ》がマークにつく。

早田《そうだ》は不敵《ふてき》な笑《え》みをうかべて、翼《つばさ》にいった。

「どうした、翼《つばさ》。動《うご》きまわっておれのマークをはずすんじゃないのか？　まァ、その足《あし》じゃ、おもいっきり走《はし》れないかもしれんがな」

こいつ、おれの足《あし》のことに気《き》づいているのか……？

翼《つばさ》はおどろきの表情《ひょうじょう》をださないように気《き》をつけながら、早田《そうだ》の言葉《ことば》をうけながした。

テーピングでケアしてもらっているものの100パーセントのコンディションではないいまの翼《つばさ》の足《あし》。そのことに気《き》づかれているのは、やっかいだった。

翼《つばさ》は、早田《そうだ》がつっこんできたところを、パスでかわしてワンツーリターン。ふたたびボールをキープして、ドリブルできりこんでいく。

動《うご》きまわっても早田《そうだ》のマークをはずせるのは、ごくわずかな時間《じかん》だ。翼《つばさ》はこのわずかしかないタイミングで、ゴール前《まえ》にクロスをあげようとしていた。

けれども、ゴール前《まえ》のメンバーには、それぞれマンツーマンで東一中《あずまいっちゅう》の選手《せんしゅ》のマークがついていて、すきがなかった。

東一中《あずまいっちゅう》は、後半戦《こうはんせん》はディフェンスにてっして1点《てん》を守《まも》り、逃《に》げきる作戦《さくせん》のようだ。

くそっ！　ならば、イチかバチかだ！

……ロベルト、いくよ!!

翼《つばさ》は、あの笑顔《えがお》を思《おも》いだして、心《こころ》のなかでその名《な》を呼《よ》んだ。

これができなければ一流《いちりゅう》の選手《せんしゅ》とはいえない。そう教《おし》えられて、ずっとずっとチャレンジしてきたシュートだ。まだ、練習《れんしゅう》では完成《かんせい》できてはなかったけれど……。

いまだせる力《ちから》のすべてをこめて、翼《つばさ》は足《あし》をうしろにふりあげた。

大空翼《おおぞらつばさ》、ここで早《はや》くもシュート体勢《たいせい》にはいったアア！

ロング……いや、これはただのロングシュートじゃない！

ド、ドライブシュートか――ッッ!?

しかし、高《たか》くうかせすぎたか、ボールはゴールを越《こ》え……

い、いや、ああっと、越《こ》えると思《おも》ったボールがしずんだアア！

ズサァアッ!!!

ゴールネットが揺《ゆ》れる音《おと》がひびいた。

東一中《あずまいっちゅう》キーパーは一歩《いっぽ》も動《うご》けていなかった。

南葛中《なんかつちゅう》のメンバーたちに笑顔《えがお》の花《はな》が咲《さ》こうとしていた。

けれども、よく見《み》ると、ボールは、ゴール上《うえ》のアミにくいこんでいた。

きまったかと思《おも》われたシュートだが、おしくもゴールの外《そと》にはずれてしまっていた。

ごめん、ロベルト。まだ、できない……。おれにはまだこのシュートはマスターできないよ。それにこのシュートは軸足《じくあし》にすごく負担《ふたん》がかかる。この試合《しあい》ではもうチャレンジできそうにない……。

翼《つばさ》は肩《かた》をおとしたが、中学生《ちゅうがくせい》の大会《たいかい》でとびだしたドライブシュートに、会場《かいじょう》にいたサッカー関係者《かんけいしゃ》たちがざわついていた。日本《にほん》サッカー協会《きょうかい》の片桐宗政《かたぎりむねまさ》や、若林《わかばやし》の元専属《もとせんぞく》コーチの見上辰夫《みかみたつお》もそのひとりだ。

「あのすさまじい回転《かいてん》はねらったものなのか？　それとも偶然《ぐうぜん》か？」

「もちろんねらってますよ。まだ完全《かんぜん》ではないが、あれがいま、翼《つばさ》が開発中《かいはつちゅう》のドライブシュートです」

そんななか、大《おお》きく胸《むね》をなでおろしたのは早田《そうだ》だ。

ドライブシュートだと？　おどろかせやがって。それは、おれだって挑戦《ちょうせん》したさ。でも、上《うえ》から下《した》に回転《かいてん》をかけるのは、まだ14、15歳《さい》の自分《じぶん》にはきびしすぎた。だから、おれはヨコ回転《かいてん》をみがいて、カミソリシュートを完成《かんせい》させたんだ。

いくら翼《つばさ》であっても、完全《かんぜん》なドライブシュートをはなてはしないと早田《そうだ》は分析《ぶんせき》した。

さァ、ゴールキックで試合再開《しあいさいかい》です!
大空翼《おおぞらつばさ》のドライブシュートにはおどろかされましたが
ここまでの展開《てんかい》は、東一中《あずまいっちゅう》ペースといっても過言《かごん》ではありません!
南葛中《なんかつちゅう》はここからどうまきかえしていくのでしょうか!?

攻《せ》めるポーズを見《み》せながらも攻《せ》めこまず、守《まも》りをかためつづける東一中《あずまいっちゅう》。

じわじわと時間《じかん》だけがすぎていくことに、南葛中《なんかつちゅう》メンバーにあせりが見《み》えはじめていた。

そのあせりは会場全体《かいじょうぜんたい》にも伝《つた》わって、もしかしたら南葛中《なんかつちゅう》が初戦《しょせん》でやぶれる大番《おおばん》くるわせもありえるのかもしれない、という空気《くうき》が生《う》まれつつあった。

南葛中《なんかつちゅう》に決定的《けっていてき》なチャンスがないまま、後半戦《こうはんせん》も20分《ぷん》が経過《けいか》しようとしている。

ただ、このままいけばあの南葛《なんかつ》に勝《か》てるという事実《じじつ》が、東一中《あずまいっちゅう》のプレーに油断《ゆだん》をまねいた。

　そのすきをついて、井沢《いざわ》がスライディング・タックル。執念《しゅうねん》のパスを翼《つばさ》にとおした。

「へへっ。その足《あし》じゃ、動《うご》きまわって抜《ぬ》くのはムリだぜ」

　早田《そうだ》が余裕《よゆう》の笑《え》みをうかべるが、翼《つばさ》はうけてたつ。

「くそっ。ついてこい、早田《そうだ》！」

　翼《つばさ》はすばやいドリブルでぐんぐんとすすんでいった。

　もちろん早田《そうだ》も翼《つばさ》にぴったりとついているが、翼《つばさ》のむかう先《さき》には、もうひとり東一中《あずまいっちゅう》のDF《ディフェンダー》がいた。

　翼《つばさ》はぎりぎりまでそのDF《ディフェンダー》にむかっていく。

　そして、ぶつかると思《おも》われた瞬間《しゅんかん》、翼《つばさ》はおもいっきりヨコにジャンプした。

「いまだッ！」

「なにィッ!!」

「うわっ!!」

　マークについていた翼《つばさ》が突然《とつぜん》とんだせいで、いきおいあまった早田《そうだ》は、自分《じぶん》のチームの

DF《ディフェンダー》と正面衝突《しょうめんしょうとつ》することになった。

ボールをキープしている翼《つばさ》からマークがはずれて、久々《ひさびさ》に南葛中《なんかつちゅう》に大《だい》チャンスがめぐってきた。ただ、ゴール前《まえ》の来生《きすぎ》、滝《たき》、井沢《いざわ》は、依然《いぜん》マンツーマンでマークされていた。

そこに唯一《ゆいいつ》ノーマークだったFW《フォワード》長野洋《ながのひろし》が走《はし》りこんできて、叫《さけ》ぶ。

「こい、翼《つばさ》!!!」

だが、その動《うご》きをさっして、おきあがった早田《そうだ》がすぐに長野《ながの》についた。

すばやくていねいに攻《せ》めこまなければならないこのタイミングで、翼《つばさ》はどこにもパスをだせなくなった。

「なにやってんだ、翼《つばさ》！　おまえ、ノーマークなんだ！　自分《じぶん》できりこめ！」

スタンドのライバルたちからピッチへ、大《おお》きな声《こえ》がとどいた。

そのおかげで、一瞬《いっしゅん》、早田《そうだ》にすきが生《う》まれる。

よし！

翼《つばさ》は、なにかを見切《みき》った顔《かお》つきで、おもいきりボールをける。

ゴール前《まえ》へのクロス。これにとどくチームメイトは、いまは誰《だれ》もいないと思《おも》われたそのとき、ひとりの選手《せんしゅ》がとびこんできた。


おおおおっと！

大空翼《おおぞらつばさ》のはなったクロスに反応《はんのう》するのは、なんと南葛中《なんかつちゅう》DF《ディフェンダー》の高杉真吾《たかすぎしんご》！

いつの間《ま》にかあがっていた高杉《たかすぎ》、ノーマークのままジャンピングヘッドだァ！

そ、そして……きまったァ!!

今度《こんど》はまちがいなく、南葛中《なんかつちゅう》の同点《どうてん》ゴールがきまりましたァァ!!


高杉《たかすぎ》のヘディングシュートが豪快《ごうかい》にゴールをわった。

「やったァァァ！」

「ついにやったぞォォ!!」

「高杉《たかすぎ》、ナイスヘッド!!」

同点《どうてん》に追《お》いついたことで、南葛中《なんかつちゅう》のチームの雰囲気《ふんいき》ががらりと変《か》わった。

高杉《たかすぎ》がそっと翼《つばさ》に声《こえ》をかけた。

くらえっ
おおっ
高杉《たかすぎ》くん
走《はし》りこんで
ノーマークからの
ジャンピング
ヘッドだァ!!

「……翼《つばさ》、それより足《あし》は大丈夫《だいじょうぶ》か？」

「えっ？」

「キーパーと同《おな》じくＤＦ《ディフェンダー》にも、メンバー一人《ひとり》ひとりの動《うご》きがよく見《み》えるんだぜ」

なにもいわなくとも、うしろから見守《みまも》ってくれている仲間《なかま》。翼《つばさ》はその存在《そんざい》をたのもしく思《おも》って、はにかんだ。

「高杉《たかすぎ》……ありがとう。大丈夫《だいじょうぶ》だ。心配《しんぱい》いらないよ」

一方《いっぽう》、東一中《あずまいっちゅう》メンバーは重《おも》い1点《てん》をいれられて、一気《いっき》におちこんでいた。

けれども、悪《わる》い空気《くうき》を吹《ふ》きとばすように、早田《そうだ》がいう。

「まんまとしてやられたな。でも、みんな、安心《あんしん》しろ。おれのカミソリシュートで、もう一度《いちど》ひきはなしてやる」

「でも、早田《そうだ》、あっちも今度《こんど》はおまえのシュートを読《よ》んでくるぞ」

東一中《あずまいっちゅう》メンバーが心配《しんぱい》そうにいうと、早田《そうだ》はあらためて力強《ちからづよ》くいいはなった。

「大丈夫《だいじょうぶ》。おれのカミソリシュートは二枚刃《まいば》よ！」

後半戦《こうはんせん》ものこり時間《じかん》わずかとなった。

この試合《しあい》、あと1点《てん》の勝負《しょうぶ》になるだろうと会場《かいじょう》の誰《だれ》もが感《かん》じていた。

これまで守《まも》りをかためていた東一中《あずまいっちゅう》も、もちろん攻《せ》めに転《てん》じる。

だが、早田《そうだ》だけは依然《いぜん》ぴたりと翼《つばさ》のマークをつづけていた。

南葛中《なんかつちゅう》ＭＦ《ミッドフィルダー》の岩見兼一《いわみけんいち》が東一中《あずまいっちゅう》のボールをカットすると、翼《つばさ》にまわしてカウンターをしかけようとする。

しかし、翼《つばさ》についたマークを見《み》て、いまはむずかしいとそくざに判断《はんだん》。そこへ井沢《いざわ》がかけこんでボールをキープし、ゲームを動《うご》かしていく。

「こい、岩見《いわみ》！　むこうの守《まも》りがうすいいまなら、いけるぞ！」

「おう！」

次《つぎ》に井沢《いざわ》は、滝《たき》にボールをとおそうとする――が、これは東一中《あずまいっちゅう》がカット。

どちらもねばり強《づよ》く、ゆずらない展開《てんかい》になっていた。

そして、いよいよ、のこり5分《ふん》をきった。

ここが勝負《しょうぶ》どころと見《み》た早田《そうだ》が、翼《つばさ》のマークをとき走《はし》りだす。

クリアされたボールをひろいにいったのだ。

翼《つばさ》は意表《いひょう》をつかれて、早田《そうだ》をとめるタイミングを逃《のが》した。

「し、しまった……ッ！」

ただ、ボールがとんでいく先《さき》には、滝《たき》もいる。

滝《たき》が早田《そうだ》より先《さき》にボールに追《お》いついた……と見《み》えたその瞬間《しゅんかん》、早田《そうだ》がカミソリタックルを滝《たき》の足元《あしもと》にくらわせた。

ガシィ……ッ！

「うわっ」

はじけるように滝《たき》がころぶ。

早田《そうだ》はボールをうばうと、すぐにゴールへむかっていった。

早田《そうだ》のオーバーラップによる攻撃《こうげき》、東一中《あずまいっちゅう》の1点目《てんめ》をほうふつとさせる展開《てんかい》だ。

「森崎《もりさき》！　シュートにくるぞ！　ヤツのシュート回転《かいてん》に気《き》をつけろ!!」

翼《つばさ》は森崎《もりさき》にむかって叫《さけ》んだ。

だが、その声《こえ》を耳《みみ》にした早田《そうだ》はフッと笑《わら》った。

翼《つばさ》、おまえのドライブシュートは未完《みかん》だが、おれのカミソリシュートは完成《かんせい》している。そして、そのカミソリは二枚刃《まいば》だ！

「いけェ！　この試合《しあい》、もらったア！」

　シュート体勢《たいせい》にはいる早田《そうだ》の足《あし》さばきを目《め》にして、翼《つばさ》がハッとした。

　そして、考《かんが》えるまもなく大声《おおごえ》で叫《さけ》んだ。

「森崎《もりさき》！　逆《ぎゃく》だ！　さっきとは逆《ぎゃく》の方向《ほうこう》へとべ！」

　早田《そうだ》がシュートをはなつ。

と…とったァ
森崎《もりさき》くん今度《こんど》は とめた がっちりキャッチ ファインプレイだ!!

ビュシィ……ッッ！

それは1点目《てんめ》とは逆《ぎゃく》の方向《ほうこう》——左《ひだり》にまがる逆《ぎゃく》カミソリシュートだった。

だが、森崎《もりさき》は翼《つばさ》の声《こえ》のおかげで、すでにボールと同《おな》じ方向《ほうこう》にとんでいた。

「うおおおお！」

おたけびをあげた森崎《もりさき》は、がっちりとボールをつかみとり、すぐさまロングキックで翼《つばさ》へボールをおくった。

「いけェ、翼《つばさ》！」

いま、翼《つばさ》は完全《かんぜん》にノーマークだ。その上《うえ》、東一中《あずまいっちゅう》の守《まも》りのかべもうすい。

ここできめられなければV3《ヴイスリー》なんて、ねらう資格《しかく》はない！　ブラジルでサッカーするなんて夢《ゆめ》のまた夢《ゆめ》だ！

きついマークでおさえこまれていたエネルギーを爆発《ばくはつ》させるように、翼《つばさ》はまっしぐらにゴールにむかった。

大空翼《おおぞらつばさ》がノーマークです！

もはや、彼《かれ》をとめられる者《もの》はいない！

最後《さいご》のＤＦ《ディフェンダー》もなんなくかわして……

こ、これは！　勝《か》ちこしのゴォォ━━━ル!!!

南葛中《なんかつちゅう》、ついに逆転《ぎゃくてん》です!!!

キャプテン翼《つばさ》、自《みずか》らのシュートで堂々《どうどう》きめましたッッ！


「やったァ!!」

翼《つばさ》に、両手《りょうて》をひろげて満面《まんめん》の笑《え》みで、チームメイトにかけよった。

ピッチの選手《せんしゅ》、ベンチの選手《せんしゅ》もいりみだれて、南葛中《なんかつちゅう》メンバー全員《ぜんいん》で翼《つばさ》のシュートを祝福《しゅくふく》した。

早田《そうだ》は、翼《つばさ》に逆《ぎゃく》カミソリシュートを見《み》やぶられたことにショックをうけていた。

それから必死《ひっし》に攻《せ》めようとするが、まもなく、試合終了《しあいしゅうりょう》のホイッスルが鳴《な》った。

こうして全国大会《ぜんこくたいかい》オープニング・ゲームは、２対《たい》１で南葛中《なんかつちゅう》が勝利《しょうり》をおさめることとなった。

ダメだ!! だれも とめられない!! ひとりだけ のこっていた DF《ディフェンダー》もかわし 翼《つばさ》くん ゴールへ まっしぐら!!
きまったァ 翼《つばさ》くん 今《こん》大《たい》会《かい》初《はつ》ゴール!! そして 勝《か》ち越《こ》しの ゴールだァ!!

うっ
よし
やったア!!

「負《ま》けた……」

がっくりと肩《かた》をおとす東一中《あずまいっちゅう》のメンバーたち。

なぜ翼《つばさ》は、予選《よせん》でも一度《いちど》もつかってこなかったかくし技《わざ》、逆《ぎゃく》カミソリシュートを見《み》やぶったのか……。

どうしても気《き》になった早田《そうだ》は、翼《つばさ》に近《ちか》づいて素直《すなお》にたずねた。

「おれの逆《ぎゃく》カミソリシュート、なんでわかったんだ？」

すると、翼《つばさ》は、あっけらかんとこたえる。

「ただの直感《ちょっかん》かもしれないけど、軸足《じくあし》の角度《かくど》とふり足《あし》の角度《かくど》で、なんとなくね。それで、とっさに指示《しじ》してたんだ」

「なるほど、足《あし》の角度《かくど》か」

「おれもボールをまげるのに、ずいぶん苦労《くろう》してるから……さ」

それを聞《き》いて、早田《そうだ》は思《おも》わず、笑《え》みをもらした。

自分《じぶん》とはちがって生《う》まれついての天才《てんさい》なんだろうと思《おも》っていた翼《つばさ》も、苦労《くろう》しているのか。

おれたちは、昨日《きのう》より今日《きょう》、今日《きょう》より明日《あした》、少《すこ》しでもサッカーがうまくなりたくて努力《どりょく》をつづけてきた同志《どうし》だったんだ。

早田《そうだ》は、まっすぐに翼《つばさ》に伝《つた》えた。

「おれにはとうていムリだが、ドライブシュート、絶対《ぜったい》に完成《かんせい》させろよ。おまえなら、きっとできる」

翼《つばさ》もまっすぐに早田《そうだ》を見《み》つめてうなずいた。

「……うん！」

それから、早田《そうだ》は翼《つばさ》の身体《からだ》を気《き》づかう。

「足《あし》、大丈夫《だいじょうぶ》か？」

その言葉《ことば》を聞《き》いて、石崎《いしざき》たちがおどろいた。

「えっ？」

「足《あし》って、どうかしたのか翼《つばさ》！」

「大丈夫《だいじょうぶ》。ちょっとくせになってるだけで、たいしたことはないよ」

翼《つばさ》がこたえると、早田《そうだ》はホッとした表情《ひょうじょう》になった。

「それじゃあな！　また会《あ》おうぜ！　おれたちをやぶったんだ。絶対《ぜったい》に優勝《ゆうしょう》しろよな！」

早田《そうだ》は、東一中《あずまいっちゅう》の仲間《なかま》たちの輪《わ》にもどりながら、青空《あおぞら》にむかって両手《りょうて》をかかげ、大《おお》きな声《こえ》で叫《さけ》んだ。

「ちくしょう！　負《ま》けちまったぜ！　でも、みんなメソメソすんなよ！　胸《むね》はって大阪《おおさか》に帰《かえ》ろうぜ!!」

両《りょう》チームのすべての選手《せんしゅ》が、心《こころ》があらわれるような、さわやかさのなかにいた。それは全力《ぜんりょく》でたたかいぬいた者《もの》だけがたどりつける境地《きょうち》だった。

5 日向小次郎《ひゅうがこじろう》の帰還《きかん》

東邦学園《とうほうがくえん》の1回戦《かいせん》は、駒場競技場《こまばきょうぎじょう》で行《おこな》われることになっていた。

開会式《かいかいしき》のあと、東邦学園《とうほうがくえん》の選手《せんしゅ》たちが会場《かいじょう》へむかうと、そこに大《おお》きなサプライズが待《ま》ちかまえていた。

日向小次郎《ひゅうがこじろう》だ。

真夏《まなつ》の太陽《たいよう》の下《した》で、いっそうたくましくひきしまった日向《ひゅうが》の身体《からだ》がかがやいていて、チームメイトたちは自然《しぜん》に笑顔《えがお》になる。

「キャ、キャプテン……！」

「日向《ひゅうが》さん……！」

やっぱり帰《かえ》ってきてくれた！

若島津健《わかしまづけん》や沢田《さわだ》タケシは、胸《むね》をなでおろした。

「監督《かんとく》、いま、沖縄《おきなわ》から帰《かえ》りました」

闘志《とうし》をたたえた表情《ひょうじょう》で日向《ひゅうが》がいった。

これでも、ひと安心《あんしん》――という空気《くうき》がチーム内《ない》にひろがったそのときだった。

北詰誠《きたづめまこと》監督《かんとく》はつかつかと歩《ある》いて、まるで日向《ひゅうが》がそこにいないかのようにふるまった。

そして、すれちがいざまにひと言《こと》つめたくいう。

「日向《ひゅうが》。この大会《たいかい》、おまえはつかわん」

監督《かんとく》はロッカールームをでると、そのままピッチにむかってしまった。


東邦学園《とうほうがくえん》の初戦《しょせん》、奈良代表松上中《ならだいひょうまつかみちゅう》との試合《しあい》がはじまった。

スターティング・イレブンに日向小次郎《ひゅうがこじろう》の名前《なまえ》はない。

北詰監督《きたづめかんとく》は本当《ほんとう》に、日向《ひゅうが》をベンチにおいたまま試合《しあい》を走《はし》らせていた。

前半戦《ぜんはんせん》、日向《ひゅうが》という決定力《けっていりょく》を欠《か》きながらも、じわじわとおしていく東邦学園《とうほうがくえん》。

相手《あいて》にうちこまれたシュートをキーパー若島津《わかしまづ》がしっかりキャッチしてＭＦ《ミッドフィルダー》タケシにおくると、東邦学園《とうほうがくえん》はそくざにカウンターアタックにはいっていった。

さらにタケシは、日向《ひゅうが》のポジションにはいっているFW《フォワード》反町一樹《そりまちかずき》に絶妙《ぜつみょう》なパスをおくる。これが決《き》め手《て》になり、東邦学園《とうほうがくえん》は先取点《せんしゅてん》をきめた。

監督《かんとく》がなんといおうとも、日向《ひゅうが》なしでは優勝《ゆうしょう》はできない。でも、決勝《けっしょう》までは、自分《じぶん》たちの力《ちから》でたたかっていくしかないのだとタケシや若島津《わかしまづ》は考《かんが》えをきりかえていた。

日向《ひゅうが》なしでも、あぶなげない試合《しあい》だ。

ベンチからその様子《ようす》を見《み》つめて、少《すこ》しさみしそうに日向《ひゅうが》が立《た》ちあがった。

そして、ポケットに手《て》をつっこんだまま、おもむろにベンチのそばでリフティングをはじめて、かべにむかってシュートをぶっぱなす。

それは、試合《しあい》とは関係《かんけい》ないピッチの外《そと》での出来事《できごと》だ。

だが、日向《ひゅうが》のけったボールは、はるか遠《とお》くのかべにめりこみ、ひびをいれるほどのパワーだった。

「お、おい！　いまの撮《と》ったか!?」

たまたまそれを見《み》ていた新聞記者《しんぶんきしゃ》があわてて、近《ちか》くのカメラマンに叫《さけ》んだ。

あ〜〜〜〜っ
メリメリ
日向《ひゅうが》……
先《さき》にクラブハウスに帰《かえ》りひとやすみさせてもらいますよ

しかし、カメラマンは、そのときピッチで東邦学園《とうほうがくえん》がぶちこんだ2本目《ほんめ》のシュートに注目《ちゅうもく》していた。

ただ、ベンチの北詰監督《きたづめかんとく》は、サングラスの奥《おく》の目《め》を見《み》ひらいていた。日向《ひゅうが》のすさまじいシュートをまのあたりにして……。

それから日向《ひゅうが》は、試合終了《しあいしゅうりょう》を待《ま》たずにクラブハウスにもどってしまった。

東邦学園《とうほうがくえん》は、その後《ご》、無事勝利《ぶじしょうり》をおさめた。

2回戦進出《かいせんしんしゅつ》をきめた東邦学園《とうほうがくえん》は、次《つぎ》の試合《しあい》の日《ひ》まで学園《がくえん》のグラウンドで練習《れんしゅう》にうちこんでいた。

しかし、北詰監督《きたづめかんとく》は、その練習《れんしゅう》にさえ日向《ひゅうが》をむかえいれなかった。

「日向《ひゅうが》はこない！　3年生《ねんせい》はこの大会《たいかい》が最後《さいご》だ。大会《たいかい》に出場《しゅつじょう》しない日向《ひゅうが》はもうここで練習《れんしゅう》する必要《ひつよう》はないだろう」

「そ……そんな……」

「監督《かんとく》！　でも、日向《ひゅうが》さんなしでは優勝《ゆうしょう》なんて、できませんよ！」

「だまれ！　おまえたちまで、わしにたてつく気《き》か！」

監督《かんとく》はかたくなだった。

「若島津《わかしまづ》！　今日《きょう》から大会《たいかい》が終《お》わるまでは、おまえがキャプテンをつとめろ！　いいな！」

サッカー部《ぶ》からしめだされた日向《ひゅうが》は、自分《じぶん》の身《み》のふりかたを考《かんが》えていた。

サッカー特待生《とくたいせい》でなくなるとしたら、私立校《しりつこう》である東邦学園《とうほうがくえん》の学費《がくひ》は、日向《ひゅうが》の家《いえ》にはとうてい払《はら》えるものではない。となると、これからの生活《せいかつ》やサッカー人生《じんせい》を変《か》えざるをえないだろう。

日向《ひゅうが》の足《あし》は、自然《しぜん》と家族《かぞく》のもとにむいていた。

普段《ふだん》は東京《とうきょう》にある東邦学園《とうほうがくえん》の寮《りょう》で暮《く》らしている日向《ひゅうが》だが、実家《じっか》は大会開催地《たいかいかいさいち》である埼玉《さいたま》にある。

「ただいま」

日向《ひゅうが》の声《こえ》が聞《き》こえると、母親《ははおや》や弟妹《ていまい》たちがおどろきながらも、よろこんででむかえる。

けれども、日向《ひゅうが》がいまの自分《じぶん》の状況《じょうきょう》を話《はな》すと、とても心配《しんぱい》そうにまゆをおとした。

「まあ、いいさ。そのときは地元《じもと》の中学校《ちゅうがっこう》に転校《てんこう》して、卒業《そつぎょう》したら、また働《はたら》くさ」

「小次郎《こじろう》……。そしたら、おまえの好《す》きなサッカーは……」

「しょうがねえ。おれの学生《がくせい》サッカーは、中学《ちゅうがく》までだったってことだ。でも、また働《はたら》きながらつづけるさ」

日向《ひゅうが》は家族《かぞく》を心配《しんぱい》させないように、きっぱりとした様子《ようす》で話《はな》した。

ただ、心《こころ》のなかには、一《ひと》つだけ強《つよ》く思《おも》っていることがあった。

おれをやめさせたければ、それでもいい。でも、そのかわり……どんなことがあっても、決勝戦《けっしょうせん》だけはでてやる。翼《つばさ》とたたかい、おれのこの右足《みぎあし》であいつをたおす!!

大会《たいかい》では、すでに2回戦《かいせん》を勝《か》ちぬいて3回戦《かいせん》に進出《しんしゅつ》するチームもではじめていた。

北海道代表《ほっかいどうだいひょう》ふらの中《ちゅう》は、1回戦《かいせん》でさわやかなチームプレーを見《み》せて、4対《たい》0で岡山代表《おかやまだいひょう》作松中《さくしょうちゅう》をやぶった。

南葛中《なんかつちゅう》の偵察《ていさつ》に余念《よねん》がなかった長崎代表比良戸中《ながさきだいひょうひらどちゅう》は、DF《ディフェンダー》次藤《じとう》の奮闘《ふんとう》によって1回戦《かいせん》2回戦《かいせん》ともに1点差《てんさ》を守《まも》りきり、3回戦進出《かいせんしんしゅつ》をきめた。

また、秋田代表花輪中《あきただいひょうはなわちゅう》は、双子《ふたご》の立花兄弟《たちばなきょうだい》を2《ツー》トップとしたコンビネーションで、2回《かい》戦《せん》の山梨代表崎本中《やまなしだいひょうさきもとちゅう》とのたたかいを2対《たい》0でくだした。

ただ、どのチームもまだ手《て》の内《うち》をすべて見《み》せてはいなかった。

それは、トーナメントを勝《か》ちすすめばきっとかちあうことになる、南葛中《なんかつちゅう》とのたたかいにそなえてのことだった。

そんななか、南葛中《なんかつちゅう》の2回戦《かいせん》も行《おこな》われる。

対戦相手《たいせんあいて》は神奈川代表錦《かながわだいひょうにしき》ヶ《が》丘中《おかちゅう》。翼《つばさ》が足《あし》を痛《いた》めていることを知《し》った仲間《なかま》たちは、なるべく翼《つばさ》の身体《からだ》をやすませてやろうと、MF《ミッドフィルダー》井沢《いざわ》を中心《ちゅうしん》にゲームを組《く》みたてていった。

井沢《いざわ》が前線《ぜんせん》へロングパスをおくり、FW《フォワード》長野《ながの》がヘッドで流《なが》すと、これをうけたFW《フォワード》滝《たき》がまたセンターにあげる。そこにあがってきた井沢《いざわ》がふたたびゴール前《まえ》に流《なが》すと、そこにFW《フォワード》来生《きすぎ》があわせて走《はし》りこみ、軽《かろ》やかに先取点《せんしゅてん》をとった。

あざやかなフォーメーション・プレーに会場《かいじょう》がわく。

仲間《なかま》たちの活躍《かつやく》に翼《つばさ》は、ワクワクとした笑《え》みをはじけさせた。

のりにのった南葛中《なんかつちゅう》は、井沢《いざわ》のロングシュートですぐに追加点《ついかてん》をあげる。翼《つばさ》抜《ぬ》きでもずばぬけた実力《じつりょく》を発揮《はっき》する南葛中《なんかつちゅう》に、観戦《かんせん》していたライバル校《こう》の選手《せんしゅ》たちがざわついた。

このままいけば、3回戦《かいせん》で南葛中《なんかつちゅう》とあたることになる立花兄弟《たちばなきょうだい》も目《め》をまるくしていた。

「う～！　おれたちは得意技《とくいわざ》を温存《おんぞん》して南葛《なんかつ》にプレッシャーをかけてるっていうのに、ヤツらは自分《じぶん》たちの実力《じつりょく》をまざまざと見《み》せつけることで、おれたちにプレッシャーをかけてきやがるぜ！」

「まちがいなく、おれたちの3回戦《かいせん》の相手《あいて》は南葛《なんかつ》だ」

感心《かんしん》しているあいだにも、南葛中《なんかつちゅう》の猛攻《もうこう》はつづく。

ＤＦ《ディフェンダー》石崎《いしざき》から大《おお》きく山《やま》なりにうかぶロビングボールがくりだされて、それを井沢《いざわ》が錦ケ丘中《にしきがおかちゅう》ＤＦ《ディフェンダー》たちとヘディングでせりあう。井沢《いざわ》が勝《か》ってボールを流《なが》すと、そこへ滝《たき》が走《はし》りこみ……。

滝《たき》がシュートの体勢《たいせい》にはいるかと思《おも》われたそのとき、すばやい影《かげ》がボールをかっさらった。

影《かげ》の正体《しょうたい》は――翼《つばさ》だ！

南葛中《なんかつちゅう》はダメ押《お》しの3点目《てんめ》をきめた。

「へへ。あんまりやすんでると身体《からだ》がなまっちゃうもんでね。これくらいは、させてもらわないと！」

翼《つばさ》がいたずらっぽく笑《わら》うと、仲間《なかま》たちもゆかいそうにかけよった。

結局《けっきょく》、南葛中《なんかつちゅう》はこの試合《しあい》を6対《たい》0で大勝利《だいしょうり》した。

⑥ とびだせ！ スカイラブ・ハリケーン

南葛中《なんかつちゅう》が3回戦《かいせん》をむかえる日《ひ》がやってきた。

会場《かいじょう》となる大宮《おおみや》サッカー場《じょう》はわきにわいて、会場《かいじょう》の外《そと》にまで声援《せいえん》やアンセムがもれひびいていた。

V3《ヴィスリー》をねらう優勝候補《ゆうしょうこうほ》の南葛中《なんかつちゅう》と対戦《たいせん》するのは、小学生時代《しょうがくせいじだい》に翼《つばさ》たちとかちあった立花《たちばな》兄弟《きょうだい》ひきいる花輪中《はなわちゅう》だ。打倒南葛《だとうなんかつ》に燃《も》えていて、地元秋田《じもとあきた》から大勢《おおぜい》の応援団《おうえんだん》がくりだしてきていた。

応援《おうえん》の声《こえ》がうずまくピッチに、堂々《どうどう》と入場《にゅうじょう》してくる両《りょう》チームの選手《せんしゅ》たち。

「へへ。ひさしぶりの対戦《たいせん》だな、翼《つばさ》」

「うん。3年前《ねんまえ》の全日本少年《ぜんにほんしょうねん》サッカー大会以来《たいかいいらい》だね」

公式戦《こうしきせん》ではひさしぶりの対戦《たいせん》となる立花兄弟《たちばなきょうだい》と翼《つばさ》が言葉《ことば》をかわした。

翼《つばさ》がふたりとはじめて出会《であ》ったのは、全日本少年《ぜんにほんしょうねん》サッカー大会《たいかい》の会場近《かいじょうちか》くの駅《えき》だった。線路《せんろ》をはさんでふたつのホームのあいだでパスをだしあっていた立花兄弟《たちばなきょうだい》が、翼《つばさ》たちに気《き》づいて声《こえ》をかけたのが最初《さいしょ》だ。

「今日《きょう》はおれたちの実力《じつりょく》のすべてをださせてもらうからな」

「悪《わる》いが、南葛《なんかつ》の連勝記録《れんしょうきろく》もここまでだぜ」

立花兄弟《たちばなきょうだい》らしい口《くち》ぶりに、石崎《いしざき》が反応《はんのう》した。

「ケッ！　そうはいくかよ！　おまえらの空中《くうちゅう》サッカーはおれたちには通用《つうよう》しないぜ」

「あいかわらず、元気《げんき》なヤツだな！　今日《きょう》もオウンゴールたのむぜ、サル」

小学生時代《しょうがくせいじだい》の立花兄弟《たちばなきょうだい》との試合《しあい》でオウンゴールをしてしまったイヤな思《おも》い出《で》をつつかれて石崎《いしざき》は怒《いか》りに燃《も》えた。

「なにを――っ!!」

それでも翼《つばさ》は、全国大会《ぜんこくたいかい》というひのき舞台《ぶたい》で、また立花兄弟《たちばなきょうだい》とたたかえることをうれしく思《おも》っていた。

さァ、南葛中対花輪中《なんかつちゅうたいはなわちゅう》という注目《ちゅうもく》の一戦《いっせん》、南葛中《なんかつちゅう》ボールでキックオフです……!!

おっと、2回戦《かいせん》ではサポートにてっしていた大空翼《おおぞらつばさ》がボールをキープ!

やはりここ一番《いちばん》のゲームメイクは、大空《おおぞら》が担《にな》います!!


「よし! そうこなくっちゃな!」

翼《つばさ》が前《まえ》にでてきたことで、立花兄弟《たちばなきょうだい》の闘志《とうし》に火《ひ》がつく。

立花兄弟《たちばなきょうだい》は、かつての試合《しあい》の借《か》りをここでかえそうと意気《いき》ごんでいた。

「昔《むかし》は、おれたちふたりの攻撃《こうげき》を、おまえらは南葛黄金《なんかつゴールデン》コンビとうたわれた翼《つばさ》と岬太郎《みさきたろう》のふたりでカバーしてたよな。でも、いまの南葛《なんかつ》に岬《みさき》はいない……ッ」

「すなわち! いま、最強《さいきょう》のコンビといえば、おれたちふたりということだぜ!!」

「いくぜ、翼《つばさ》! おまえひとりで、おれたちふたりをとめることは、できない!!」

そういって、まるでイノシシのように突進《とっしん》してくるふたりを翼《つばさ》は見《み》すえた。

そう、たしかにいま、岬《みさき》くんはいない。でも、岬《みさき》くんがいなくても、おれには……。

翼《つばさ》は、強《つよ》い気持《きも》ちをこめて、ボールをけった。

「おれには……こんなに、たのもしい仲間《なかま》たちがいるッ!!!」

「なにィッ」

力強《ちからづよ》いたますじに立花兄弟《たちばなきょうだい》が一瞬《いっしゅん》ひるむ。

翼《つばさ》がはなったボールは、その仲間《なかま》たちのもとにグンッとのびていく。

翼《つばさ》は、高《たか》らかに、キックオフを告《つ》げるホイッスルのように、叫《さけ》んだ。

「さア、いくぞ！　みんな!!」

「おう！」

ドドドドド……

足音《あしおと》にすら気合《きあ》いの強《つよ》さがうかがえる、南《なん》

葛《かつ》の攻撃《こうげき》がはじまった。

まず、翼《つばさ》とともに中盤《ちゅうばん》をリードするＭＦ《ミッドフィルダー》井沢《いざわ》がサイドにボールをふる。

それをうけてＦＷ《フォワード》滝《たき》は、同《おな》じくＦＷ《フォワード》の来生《きすぎ》とポジションチェンジしながらパスとドリブルをくりかえして、花輪《はなわ》ＤＦ《ディフェンス》陣《じん》を混乱《こんらん》させていく。

それから、一瞬《いっしゅん》のすきをついて翼《つばさ》へボールをおくると、翼《つばさ》はすかさずゴール前《まえ》へパスをだし、それにあわせた滝《たき》がよどみなくシュートをはなった。

ボールは、しっかりとゴールのわくをとらえて、とびかかった花輪《はなわ》中《ちゅう》キーパー吉倉公雄《よしくらきみお》の手《て》をすりぬけていく。

試合《しあい》開始《かいし》
わずか１分《ぷん》
花輪《はなわ》の出《で》ばなを
くじく
これは 貴重《きちょう》な
先取点《せんしゅてん》です!!

あ――――っと、き、きまったァ！

あざやかな連携《れんけい》プレーで南葛中《なんかつちゅう》ＦＷ《フォワード》滝一《たきはじめ》がきめましたァァ！

試合開始《しあいかいし》からわずか１分《ぷん》で、貴重《きちょう》な先取点《せんしゅてん》！

これが南葛中《なんかつちゅう》のチーム力《りょく》です!!


「ナイスパス、翼《つばさ》！」

「ナイスシュート、滝《たき》！　よくきめたぜ！」

チームワークを活《い》かしたプレーで得点《とくてん》をあげて、南葛中《なんかつちゅう》の結束力《けっそくりょく》がどんどん高《たか》まっていく。

その様子《ようす》を見《み》て、立花兄弟《たちばなきょうだい》はお得意《とくい》の空中《くうちゅう》サッカーをしかける作戦《さくせん》にうってでることをきめた。

花輪中《はなわちゅう》のキックオフから反撃《はんげき》がはじまる。

２《ツー》トップの立花兄弟《たちばなきょうだい》をおさえこむために、南葛中《なんかつちゅう》ＤＦ《ディフェンダー》の高杉《たかすぎ》、石崎《いしざき》が走《はし》る。

けれども、マークにつかれる前《まえ》に、兄《あに》の立花政夫《たちばなまさお》は空高《そらたか》くボールをけりあげ、早《はや》くも空《くう》中《ちゅう》サッカーのかまえにはいった。

「いくぞ！　まずはトライアングルシュートで同点《どうてん》だァ！」

そのかけ声《ごえ》を聞《き》いて、南葛《なんかつ》ＳＣ《エスシー》出身《しゅっしん》の選手《せんしゅ》たちがそろってハッとした。

立花兄弟《たちばなきょうだい》のトライアングルシュートとは、ゴールポストをふみきってジャンプして高《たか》い位置《いち》からヘディングでパスをおとし、それをダイレクトにシュートする技《わざ》だ。南葛《なんかつ》ＳＣ《エスシー》は、全日本少年《ぜんにほんしょうねん》サッカー大会《たいかい》でこのシュートをおみまいされた苦《にが》い思《おも》い出《で》がある。

そうはさせまいと、石崎《いしざき》が猛然《もうぜん》と走《はし》りだす。

「もう空中《くうちゅう》サッカーは通用《つうよう》しないといったはずだぜ！」

「通用《つうよう》するかしないかは、ふせいでみてからいいやがれ！」

弟《おとうと》の立花和夫《たちばなかずお》は、むかってくる石崎《いしざき》にかまわずゴールポストをふみきった。

けれども、それと同時《どうじ》に石崎《いしざき》が逆《ぎゃく》サイドのゴールポストをおもいきりける。

「これでふせぐのよ！　そら！」

ゴオンッ！

石崎《いしざき》がポストをけった振動《しんどう》が、和夫《かずお》の足《あし》にビリビリと伝《つた》わった。

「なにィ！」

すると、和夫《かずお》は空中《くうちゅう》でバランスをくずして、そのまま地面《じめん》におちてしまった。

ういたボールは、キーパー森崎《もりさき》がなんなくキャッチ。

石崎《いしざき》によるトライアングルシュートやぶりが成功《せいこう》した。

「ナイス！　石崎《いしざき》！」

「よく考《かんが》えたな、まさにサル知恵《ぢえ》だ！」

単純《たんじゅん》だけど効果的《こうかてき》なプレーを仲間《なかま》たちがほめたたえると、石崎《いしざき》は照《て》れ笑《わら》いをうかべた。

「いや、なんたって、おれには昔《むかし》のあのオウンゴールの借《か》りがあるからよォ」

それから、ゲームは完全《かんぜん》に南葛中《なんかつちゅう》ペースとなっていった。

翼《つばさ》によるゲームメイクは、ひらめきがさえわたっていた。

すばやいドリブルでＤＦ《ディフェンダー》ふたりのあいだを中央突破《ちゅうおうとっぱ》したかと思《おも》えば、最後《さいご》のＤＦ《ディフェンダー》が迫《せま》ってきた瞬間《しゅんかん》、身体《からだ》を反転《はんてん》させて、サイドにパスをおくる。

そこにノーマークのＦＷ《フォワード》来生《きすぎ》が走《はし》りこみ、シュートをきめた。
立《た》てつづけのあっけない失点《しってん》に、花輪中《はなわちゅう》のメンバーたちの顔《かお》がくもる。
南葛中相手《なんかつちゅうあいて》に２点《てん》のビハインドは、かなりきびしいものがあった。
なんとか流《なが》れを変《か》えたい立花兄弟《たちばなきょうだい》は、ある決心《けっしん》をして、プレーを再開《さいかい》する。
仕切《しき》り直《なお》しのキックオフのホイッスルと同時《どうじ》に、ふたりはゴールへ突進《とっしん》。
それにあわせて花輪中《はなわちゅう》ＦＷ《フォワード》が大《おお》きくボールをあげた。
また、空中《くうちゅう》サッカーがくるのか⁉
石崎《いしざき》はふたたびゴールポストにかけよった。
そのとき――。
「和夫《かずお》、ここだ！」と叫《さけ》んで、政夫《まさお》があおむけでピッチをスライディングした。
そして、上《うえ》にむけてかかげられた政夫《まさお》の足《あし》の上《うえ》に、和夫《かずお》がとびのった。
「なにィ！」
まさかの体勢《たいせい》に翼《つばさ》が声《こえ》をあげる。
「いけェ！　おれたちの〝新《しん》〟空中技《くうちゅうわざ》だ‼」

いけェ
おれたちの
新《しん》空《くう》中《ちゅう》技《わざ》!!

おおっ
な…なんと 立花兄弟《たちばなきょうだい》
自分《じぶん》たちの足《あし》を
ドッキングさせ
その反動《はんどう》で
と…とんだァ!!
スカイラブ・
ハリケーンだ!!

立花兄弟《たちばなきょうだい》は足《あし》と足《あし》を力強《ちからづよ》くドッキングさせた。それから、バネのような反動《はんどう》をうけて、和夫《かずお》が高《たか》く高《たか》くジャンプした。

その名《な》もスカイラブ・ハリケーン！

南葛中《なんかつちゅう》DF陣《ディフェンスじん》があっけにとられているうちに、空高《そらたか》くから角度《かくど》をつけてつきおとすジャンピングヘッドが炸裂《さくれつ》した。

ズッ……ザ……ッ！

ボールがゴールネットを鋭《するど》くつきさした。

これは、すごい……！

花輪中《はなわちゅう》の2《ツー》トップ、立花政夫《たちばなまさお》、和夫兄弟《かずおきょうだい》が

ここへきて新《あたら》しい空中技《くうちゅうわざ》をくりだしましたァァァ！

これこそ、まさにアクロバット・サッカーの神髄《しんずい》!!!

ジャンプして高《たか》い位置《いち》からパスをくりだすトライアングルシュートに対《たい》して、スカイラ

ブ・ハリケーンはとびあがったところからヘディングシュートをくりだす空中技《くうちゅうわざ》。空《そら》からダイレクトにゴールをねらうのだ。

とんでもない大技《おおわざ》の登場《とうじょう》に、ざわつく南葛中《なんかつちゅう》の選手《せんしゅ》たち。

けれど、翼《つばさ》だけは動《どう》じない。

「たしかにすごい技《わざ》だけど、ゴール前《まえ》にボールをあげさせなければ、大丈夫《だいじょうぶ》だ」

「あ、ああ……」

冷静《れいせい》なキャプテンの言葉《ことば》に、メンバーがおちつきをとりもどしていく。

そして、気《き》をとりなおした井沢《いざわ》や滝《たき》が作戦《さくせん》を口《くち》にした。

「よし、だったらボールをキープしたヤツを早《はや》めにおさえて、ボールをあげさせないことだな」

「それと攻《せ》めだ！　攻《せ》めあげて、花輪《はなわ》サイドのスペースで試合《しあい》を展開《てんかい》するようにすればいい」

「ああ、それでいこう！」

「おう！」

花輪中《はなわちゅう》が1点《てん》をかえしたことで、両《りょう》チームの攻防《こうぼう》がより活発《かっぱつ》になっていった。

おさえこもうとする南葛中《なんかつちゅう》だが、前半戦《ぜんはんせん》の終了直前《しゅうりょうちょくぜん》に不意《ふい》をつかれてゴール前《まえ》へボールをあげられてしまった。

またスカイラブ・ハリケーンがとんでくる！

そう思《おも》って、とっさに翼《つばさ》もゴールポストをけって高《たか》くジャンプした。

けれど、なぜか、このとき立花兄弟《たちばなきょうだい》はとばず、あらそうことなく翼《つばさ》が空中《くうちゅう》でボールをクリアすることになった。

そのまま、あっさり前半戦《ぜんはんせん》は終了《しゅうりょう》して、ハーフタイムにはいった。

立花兄弟《たちばなきょうだい》が前半戦《ぜんはんせん》の最後《さいご》にとばなかった理由《りゆう》は、あがってきたボールが低《ひく》かったからじゃないかと翼《つばさ》は分析《ぶんせき》していた。でも、あれより高《たか》くボールがあがってくるのだとしたら、翼《つばさ》のジャンプではおそらくとどかない。

その解説《かいせつ》を聞《き》いて、南葛中《なんかつちゅう》ＤＦ陣《ディフェンスじん》はまゆをひそめた。

「こりゃ、やっかいだぜ」

ただ、翼《つばさ》はこうも考《かんが》えていた。

「でも、逆《ぎゃく》に、ムリしてとばなかったってことは、あの技《わざ》は足《あし》にそうとう負担《ふたん》がかかるんだろう。だから、確実《かくじつ》なボールがあがったときしか、とばないんじゃないかな。とにかく、おれたちはおれたち。相手《あいて》にまどわされず、自分《じぶん》たちのサッカーをしようぜ」

自分《じぶん》たちのサッカー。自分《じぶん》たちが信《しん》じるサッカー。結局《けっきょく》は、それを最後《さいご》までつらぬけたチームが勝利《しょうり》する。

南葛中《なんかつちゅう》は後半戦《こうはんせん》への士気《しき》を高《たか》めていった。

後半戦《こうはんせん》は花輪中《はなわちゅう》のキックオフからはじまる。

花輪中《はなわちゅう》はこのタイミングで選手交代《せんしゅこうたい》のカードをきって、DF《ディフェンダー》の大丸雄一郎《だいまるゆういちろう》をおくりこんできた。

身長《しんちょう》も肩幅《かたはば》も大《おお》きな選手《せんしゅ》で、いかにもパワーがありそうだ。

すると、キックオフ早々《そうそう》、さっそく大丸《だいまる》が大《おお》きく高《たか》いパスをくりだした。

爆発的《ばくはつてき》なキック力《りょく》で、ハーフウェイライン近《ちか》くからゴール前《まえ》まで一気《いっき》にボールがあがっていく。

しまった！

南葛中《なんかつちゅう》のメンバーたちは、目《め》を見《み》ひらいた。大丸《だいまる》はＤＦ《ディフェンダー》だから油断《ゆだん》していたが、おそらくこのビッグロングパスをあげるためにいれられたにちがいなかった。

そして、予想《よそう》どおり、立花兄弟《たちばなきょうだい》はすかさずスカイラブ・ハリケーンの体勢《たいせい》にはいった。

今度《こんど》は和夫《かずお》が下《した》でかまえている。

「いくぞ！　和夫《かずお》！」

「おう！」

このままでは、まんまとやられてしまう。南葛中《なんかつちゅう》ＤＦ陣《ディフェンスじん》が身《み》がまえた。

そんなか、ひとり、翼《つばさ》は走《はし》っていた。

自分《じぶん》のジャンプではとどかないかもしれない。でも、翼《つばさ》はあきらめていなかった。

「おれは、翼《つばさ》！　ひとりでも高《たか》くとぶ！」

でた！　立花兄弟《たちばなきょうだい》のスカイラブ・ハリケーン！

おっと、これにあわせて大空翼《おおぞらつばさ》もとぶ……ッ！

しかも、今度《こんど》はクロスバーから大《だい》ジャンプだァ！


なんと翼《つばさ》は、ゴールポストに足《あし》をついたあとにクロスバーにも踏《ふ》みこんで、二段《だん》がまえのジャンプをくりだした。

身体《からだ》がぐんと空《そら》にむかって、政夫《まさお》のジャンプに追《お》いついていく。

ガッチ……ッィン!!

空中《くうちゅう》のボールをはさんで、政夫《まさお》のヘディングと翼《つばさ》のヘディングが激突《げきとつ》した。

その衝撃《しょうげき》で、ボールは大《おお》きくはじけとんでいく。

見事《みごと》、スカイラブ・ハリケーンをやぶった翼《つばさ》に、スタンドから大歓声《だいかんせい》がわいた。

しかし……。

空中《くうちゅう》でぶつかりあったふたりは、バランスをくずしてまっ逆《さか》さまにおち、地面《じめん》にたたきつけられてしまった。

とくに、政夫《まさお》の頭《あたま》をかばうようにしておちた翼《つばさ》は、肩《かた》に大《おお》きなダメージを負《お》って、痛《いた》みにもだえている。

「翼《つばさ》……！」

南《なん》葛《かつ》中《ちゅう》のチームメイトはもちろん、和夫《かずお》もすぐにかけよった。

「翼《つばさ》は、おれをかばって……」

「えっ」

政夫《まさお》の言葉《ことば》に、和夫《かずお》は動揺《どうよう》した声《こえ》をだした。

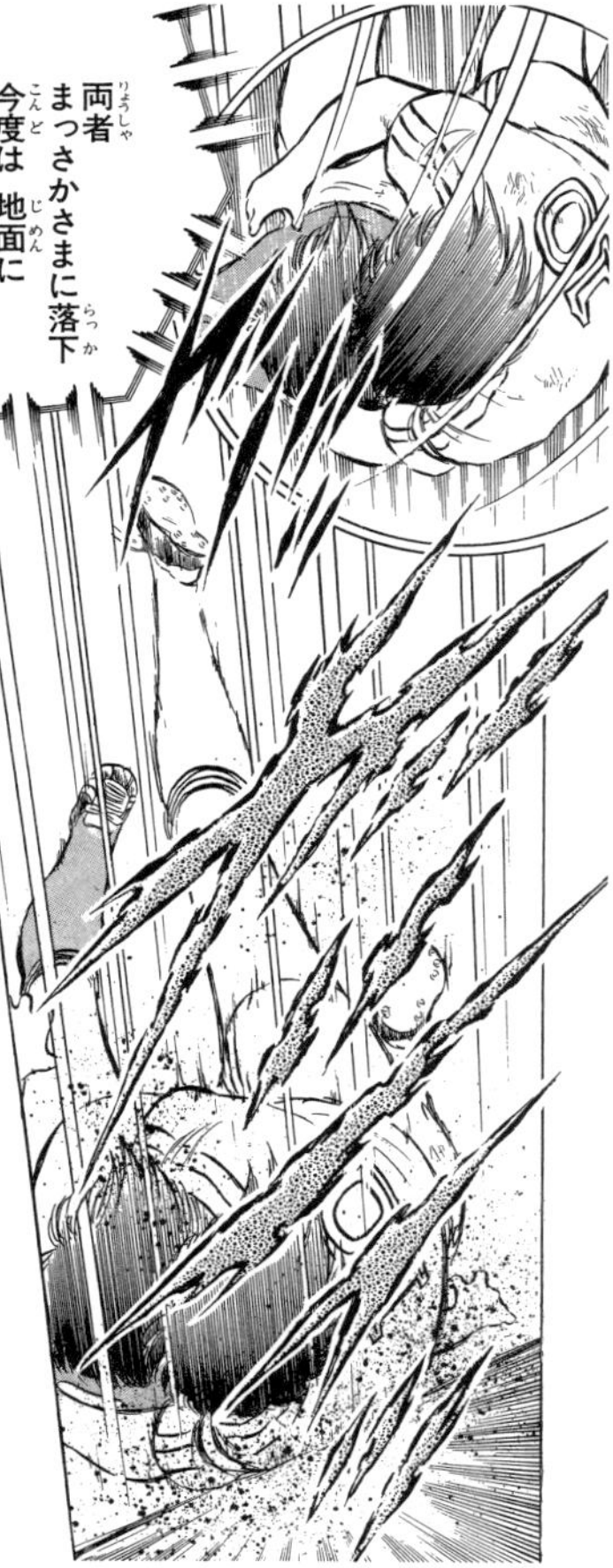
両者《りょうしゃ》まっさかさまに落下《らっか》
今度《こんど》は 地面《じめん》に激突《げきとつ》だ!!

翼《つばさ》の肩《かた》は、脱臼《だっきゅう》しているかもしれなかった。

審判《しんぱん》がすぐに医務室《いむしつ》にいくように指示《しじ》をだすが、翼《つばさ》は聞《き》かない。

「大丈夫《だいじょうぶ》です。おれは試合《しあい》にでます。絶対《ぜったい》にでます」

翼《つばさ》は、まっ青《さお》な顔《かお》で肩《かた》を押《お》さえながら、ゆらりと立《た》ちあがった。

その姿《すがた》には気迫《きはく》がみちみちていたが、けれども、身体《からだ》が悲鳴《ひめい》をあげていることは一目瞭《いちもくりょう》然《ぜん》だった。

さすがに、チームメイトたちが翼《つばさ》をとめた。

「翼《つばさ》！　ムリだ！　顔色《かおいろ》がめちゃくちゃ悪《わる》いぞ」

「いったん治療《ちりょう》をうけてこい！」

「そうだ！」

「そのあいだは、おれたちが守《まも》る！」

みんな必死《ひっし》になって、一度《いちど》いいだしたら聞《き》かない頑固《がんこ》なキャプテンに声《こえ》をかける。

南葛中《なんかつちゅう》のメンバーの頭《あたま》のなかは、試合《しあい》のことより、翼《つばさ》の身《み》の安全《あんぜん》を守《まも》ることでいっぱいになっていた。

そこへ審判《しんぱん》もあえてきびしい声《こえ》をかけてくる。

「早《はや》く医務室《いむしつ》へいきなさい！　これは審判命令《しんぱんめいれい》です！　聞《き》かないなら、退場処分《たいじょうしょぶん》をくだすしかなくなるぞ！」

早《はや》く手当《てあ》てをしないと危険《きけん》だと判断《はんだん》しての命令《めいれい》だった。

そこまでいわれて、やっと翼《つばさ》は、医務室《いむしつ》にむかう決心《けっしん》をした。

「ごめん、みんな。すぐにもどるから、それまでたのむ」

翼《つばさ》は、後輩《こうはい》のひかえの選手《せんしゅ》に支《ささ》えられ、医務室《いむしつ》にむかっていった。


南葛中《なんかつちゅう》は、試合中《しあいちゅう》に翼《つばさ》を失《うしな》うという大《だい》アクシデントにみまわれて、一時的《いちじてき》に10人《にん》でたたかわなければならなくなってしまった。ここで選手交代《せんしゅこうたい》をしてしまうと、翼《つばさ》がもどってきても、試合《しあい》に加《くわ》われなくなってしまうからだ。

しかも、試合《しあい》の再開《さいかい》は、花輪中《はなわちゅう》のコーナーキックからはじまる。

まちがいなくスカイラブ・ハリケーンがとんでくるであろう大《だい》ピンチだ。

そこで南葛中《なんかつちゅう》はおもいきった作戦《さくせん》にでることにした。

翼《つばさ》のようにはとべなくとも、あらかじめ来生《きすぎ》と滝《たき》がクロスバーにのぼっておき、なんとかスカイラブ・ハリケーンをやぶってやろうというのだ。

でも、その様子《ようす》を見《み》ても、立花兄弟《たちばなきょうだい》はあわてない。

そこに大丸《だいまる》のコーナーキックがけりだされて……。

花輪中《はなわちゅう》のビッグなDF《ディフェンダー》大丸雄一郎《だいまるゆういちろう》によるコーナーキックです!

ふたたび空高《そらたか》くけりあげられるのか!?

いや、今度《こんど》のボールは予想《よそう》に反《はん》して低《ひく》い!

これにあわせて立花政夫《たちばなまさお》の足《あし》をバネに、

この
S・H《スカイラブ・ハリケーン》は
高《たか》くとぶだけ
じゃない!!
どの角度《かくど》にでも
発射《はっしゃ》できるんだ!!

和夫《かずお》が地《ち》をはうように低《ひく》くとぶッ！

「いっけエエエ！　スカイラブ・ハリケーン低空飛行《ていくうひこう》！」

高《たか》いジャンプを警戒《けいかい》していた南葛中《なんかつちゅう》の守《まも》りでは、この低空《ていくう》ジャンプには手《て》も足《あし》もでなかった。

弾丸《だんがん》のようにとんできた和夫《かずお》のヘディングが低《ひく》い位置《いち》でボールをとらえて、ゴールへ押《お》しこむ。

ズザザザッ！

立花兄弟《たちばなきょうだい》の空中技《くうちゅうわざ》がふたたび見事《みごと》にきまった。

後半《こうはん》7分《ふん》にして、南葛中《なんかつちゅう》は花輪中《はなわちゅう》に同点《どうてん》に追《お》いつかれてしまった。

「やったぜ、みんな！」

「スカイラブ・ハリケーンは無敵《むてき》だぜ！」

「大丸《だいまる》もナイス！」

同点《どうてん》ゴールをきめて、活気《かっき》づく花輪中《はなわちゅう》メンバーたち。

試合《しあい》の流《なが》れは、完全《かんぜん》に花輪中《はなわちゅう》にかたむいていた。

「よし、一気《いっき》に逆転《ぎゃくてん》だ！」

試合《しあい》が再開《さいかい》されて、立花兄弟《たちばなきょうだい》が気合《きあ》いをいれなおした、そのときだった。

肩《かた》の手当《てあ》てを終《お》えた翼《つばさ》がグラウンドに姿《すがた》をあらわした。

自分《じぶん》をかばってくれた翼《つばさ》が無事《ぶじ》な様子《ようす》でホッとする政夫《まさお》。

和夫《かずお》も「そうこなくっちゃ！」と笑顔《えがお》でむかえた。

ただ、次《つぎ》に翼《つばさ》がピッチにもどれるのは、ボールがタッチラインをわるなどして試合《しあい》がとまったタイミングだ。その前《まえ》に逆点《ぎゃくてん》してみせようと、立花兄弟《たちばなきょうだい》はまたスカイラブ・ハリケーンをくりだそうとした。

「いくぞ！」

「おう！」

しかし……。

立花兄弟《たちばなきょうだい》がおたがいの足《あし》をあわせたその瞬間《しゅんかん》、それぞれの足《あし》に激痛《げきつう》が走《はし》った。

ふたりはジャンプできないまま、足《あし》を押《お》さえてうずくまった。

酷使《こくし》しすぎて、足《あし》がつってしまったのだ。

ボールはそのままゴールラインをわっていく。

「ふう、助《たす》かった」

「やっぱり、あの技《わざ》はそうとう足《あし》に負担《ふたん》がかかるんだな」

冷《ひ》や汗《あせ》をかかされた南葛中《なんかつちゅう》メンバーたちが、息《いき》をついた。

そして、ここでようやく翼《つばさ》がピッチにもどった。

同点《どうてん》に追《お》いつかれてしまったことを仲間《なかま》たちがあやまると、翼《つばさ》はさわやかにいった。

「まだ同点《どうてん》じゃないか。そんなことでしょげかえってるなんて、全然《ぜんぜん》、南葛《なんかつ》らしくないぜ。

追《お》いつかれたら、またつきはなせばいいんだ！」

「おう！」

キャプテンの帰還《きかん》で、チームの空気《くうき》がパッと軽《かる》くなる。

翼《つばさ》がチームにもたらしているものは、サッカー・テクニックだけではなかった。


さァ、南葛中《なんかつちゅう》のゴールキック！

ボールがおくられるのは、もちろんこのひと、大空翼《おおぞらつばさ》！

いつものイレブンにもどった南葛中《なんかつちゅう》、はたしてどんな反撃《はんげき》を見《み》せるのか⁉


翼《つばさ》の肩《かた》のケガは、いったいどの程度《ていど》のものなのか。

手当《てあ》てをしてきたといっても万全《ばんぜん》ではないはずだと、試合《しあい》を見《み》つめるライバル校《こう》の選手《せんしゅ》たちは心配《しんぱい》していた。ひとりで会場《かいじょう》にあらわれた日向小次郎《ひゅうがこじろう》も、にらみつけるように翼《つばさ》のプレーを見守《みまも》っていた。

医務室《いむしつ》で脱臼《だっきゅう》した肩《かた》をはめなおしてもらった翼《つばさ》は、大会担当医《たいかいたんとうい》の中田先生《なかたせんせい》からペナルティエリアでの接触《せっしょく》プレーはさけるようにいわれていた。

高《たか》くとびあがるジャンプは、二度《にど》としてはならないと禁《きん》じられた。

そして、万《まん》が一《いち》、ふたたび脱臼《だっきゅう》するようなことがあったら、ドクターストップをかけるとも伝《つた》えられていた。

ならば、おれは中盤《ちゅうばん》にいて、ゲームメイクにてっするまでだ。

翼《つばさ》は、チームメイトにボールをおくろうと、くまなくピッチを見《み》まわした。

けれども、いつの間《ま》にかFW《フォワード》の立花兄弟《たちばなきょうだい》までもがさがっていて、滝《たき》と来生《きすぎ》のマークについていた。

花輪中《はなわちゅう》は、まずは守《まも》りにてっして、チャンスをうかがう作戦《さくせん》のようだ。

自分《じぶん》でゴール前《まえ》にきりこんでいくことができないのに、攻撃《こうげき》の要《かなめ》、来生《きすぎ》と滝《たき》もつかえない。

だとすると――。

翼《つばさ》は、たった一《ひと》つの方法《ほうほう》にたどりついた。

いま、得点《とくてん》のチャンスがあるのは、ロングシュートだ。そう。あれしかない……！

翼《つばさ》の右足《みぎあし》が大《おお》きくうしろにふりあげられた。

肩《かた》がズキッと痛《いた》む。テーピングをしてある軸足《じくあし》もズキッと痛《いた》む。

それでも、やるんだ。

傷《きず》だらけの身体《からだ》に燃《も》える魂《たましい》をやどして、翼《つばさ》はシュートをはなった。

「いけエエ……ッ！　ドライブシュートだアアアア!!」

バシィ……ッ！

このドライブシュートしかない!!
あ~~~っ翼《つばさ》くんこれは早《はや》くもシュートの体勢《たいせい》だ!!
うっでるぞ大空《おおぞら》翼《つばさ》のドライブシュート!!

グオオオオオオオオ───ッッ！
小《ち い》さな嵐《あらし》のようにエネルギーをふりまいて、ボールが回転《かいてん》してとんでいく。
敵《てき》も味方《みかた》も、誰《だれ》ひとり、このシュートに反応《はんのう》できなかった。

おおおおお！
大空翼《おおぞらつばさ》の超弩級《ちょうどきゅう》のドライブシュートが、ついに完成《かんせい》したか!?
あ──っと、しかし、これはゴールポストにきらわれたァ！
おしくも、ゴールならずです!!

翼《つばさ》のドライブシュートは、あと一歩《いっぽ》のところで完成《かんせい》にいたらなかった。
そして、同点《どうてん》のまま、後半戦《こうはんせん》ものこり5分《ふん》となった。
このまま終《お》わればＰＫ《ピーケー》戦《せん》に突入《とつにゅう》する。けれど、どちらもひかず決勝点《けっしょうてん》をねらっていた。
この局面《きょくめん》で、先《さき》に勝負《しょうぶ》にでたのは立花兄弟《たちばなきょうだい》だ。
花輪中《はなわちゅう》はバックラインも一気《いっき》にあげて、一丸《いちがん》となって、攻撃《こうげき》をしかけた。

くりだされたのは、スカイラブ・ハリケーン低空飛行《ていくうひこう》！
時間的《じかんてき》にも、足《あし》の状態的《じょうたいてき》にも、この試合最後《しあいさいご》になるであろう立花兄弟《たちばなきょうだい》の空中技《くうちゅうわざ》に、すべてがたくされていた。

翼《つばさ》はこれに同《おな》じく低空《ていくう》で立《た》ちむかう。

ゴールポストをけり、地《ち》をはうように低《ひく》くとびだした。

だが、翼《つばさ》のジャンプでは、和夫《かずお》のジャンプに追《お》いつけない。

そこで翼《つばさ》は、一度地面《どじめん》に足《あし》をついて反動《はんどう》をつけ、二段階《だんかい》のジャンプでいどんだ。

ドカッ！

翼《つばさ》と和夫《かずお》がぶつかり、ボールははじかれていく。

翼《つばさ》がスカイラブ・ハリケーン低空飛行《ていくうひこう》をやぶった瞬間《しゅんかん》だった。

けれどもボールは、ふたたび花輪中《はなわちゅう》メンバーにわたる。

立花兄弟《たちばなきょうだい》は自分《じぶん》たちにボールをまわせと、チームメイトに叫《さけ》んだ。

これ以上《いじょう》は、空中技《くうちゅうわざ》はつかえない。

でも、ふたりには、温存《おんぞん》していた秘策《ひさく》がもう一《ひと》つあった。

岬《みさき》がいないいま、日本一《にほんいち》のコンビは、このおれたちだ！　それを証明《しょうめい》するためのプレーを見《み》せてやる。かつて、おまえたちがくりだしたプレーは偶然《ぐうぜん》から生《う》まれたものだったが、おれたちはちがう。これが正真正銘《しょうしんしょうめい》の……。

「ツゥイン・シュートだァ!!!」

双子《ふたご》の立花兄弟《たちばなきょうだい》が、鏡《かがみ》のように左右対称《さゆうたいしょう》に、そろって一《ひと》つのボールをシュートした。

南葛中《なんかつちゅう》キーパー森崎《もりさき》は、これを真正面《ましょうめん》から見《み》すえる。

ボールが揺《ゆ》れて、いくつもあるように見《み》える。

でも……！

「いくつに見《み》えたとしても、ボールは一《ひと》つ！　顔面《がんめん》でもいいから身体《からだ》のどこかにあたってくれ！　ボールは友《とも》だち、こわくない！」

森崎《もりさき》は、手足《てあし》をおもいきりひろげて、ボールにむかった。

はげしいパワーを秘《ひ》めたボールは、森崎《もりさき》の肩《かた》にぶつかって、はじかれた。

けれど、このままいけば、ゴール左上《ひだりうえ》のわくをとらえそうなたますじだ。

「よし！」

「なにィ！」

期待《きたい》する花輪中《はなわちゅう》とあせる南葛中《なんかつちゅう》の選手《せんしゅ》の声《こえ》がいりみだれる。

だが、そのどれよりも大《おお》きなおたけびをあげて、石崎《いしざき》がとびだした。

「うおおおおおおおお！」

石崎《いしざき》は必死《ひっし》の形相《ぎょうそう》でボールにとびついた。

「くそったれ！　ここで点《てん》をとられたらおしまいじゃねえか！」

意地《いじ》のディフェンス！　石崎《いしざき》は見事《みごと》に顔面《がんめん》ブロックでボールをゴールからかきだした。

ナイスファイトのスーパープレーだ。

いきおいあまって石崎《いしざき》はゴールポストに激《げき》突《とつ》するが、心配《しんぱい》するメンバーにむかって、さ

らに叫《さけ》んだ。

「おれさまは平気《へいき》よ！　それより早《はや》く攻《せ》めろ！　たのむ、翼《つばさ》！」

「よし！　カウンターだ！」

石崎《いしざき》がクリアしたボールを大切《たいせつ》にうけとって、翼《つばさ》は、気合《きあ》いの表情《ひょうじょう》を見《み》せた。

ドリブルで一気《いっき》に相手《あいて》のフィールドへと攻《せ》めあがっていく。

直前《ちょくぜん》まで攻《せ》めこんでいた花輪《はなわ》中《ちゅう》の守《まも》りはうすく、ロングシュートもねらえる状態《じょうたい》だ。

ここでもう一度《いちど》、ドライブシュートがくるか!?

スタンドの期待《きたい》がふくらむのがわかった。

けれど、翼《つばさ》は、冷静《れいせい》に考《かんが》える。

おれのドライブシュートは、まだ完全《かんぜん》じゃない。ここで失敗《しっぱい》したら石崎《いしざき》くんのファイトを水《みず》のあわにしてしまう。それだけは、なんとしてもさけたい。

翼《つばさ》は自《みずか》らのドリブルで、中央《ちゅうおう》突破《とっぱ》することにきめた。

医務室《いむしつ》でペナルティエリアでのプレーはさけるようにいわれていたが、もう気《き》にしていられなかった。

翼《つばさ》は、フェイントで軽《かろ》やかに花輪中《はなわちゅう》の選手《せんしゅ》たちをかわして、最後《さいご》のDF《ディフェンダー》相本信夫《あいもとのぶお》にむかった。

なんとしてもとめなければならない相本《あいもと》は、ここで翼《つばさ》にショルダーチャージをかける。

とうとう肩《かた》に衝撃《しょうげき》をうけてしまった翼《つばさ》は、その痛《いた》みに思《おも》わず体勢《たいせい》をくずしてしまった。

「く、肩《かた》が……」

翼《つばさ》がたおれて、ボールがこぼれる。

すかさずキーパーがそれをキャッチしに走《はし》ってくるが、翼《つばさ》もがむしゃらにボールにとびついた。

「キャプテンのおれが……石崎《いしざき》くんのファイトに負《ま》けてたまるかァ!!!」

翼《つばさ》の意地《いじ》が、花輪中《はなわちゅう》キーパーのスピードを上《うわ》まわった。

その足《あし》ではなったスライディングシュートが、無人《むじん》のゴールへすべりだしていく。

立花兄弟《たちばなきょうだい》は、果敢《かかん》にもこれをスカイラブ・ハリケーンでとんでふせごうとするが、さすがにとどかない。

翼《つばさ》のシュートは、そのまま、がらあきのゴールにつきささった。

「うおおお！」

「や、やったァ……ッ！」

「さすが、キャプテン翼《つばさ》！　きめるところできめるぜ！」

歓声《かんせい》のなか、ゴールポストにぶつけたひたいを押《お》さえながら石崎《いしざき》も大《おお》きな笑顔《えがお》をむけた。

翼《つばさ》、執念《しゅうねん》のゴール。泥《どろ》くさくて、けっしてスマートなプレーではなかったけれど、目撃《もくげき》したすべてのひとの心《こころ》を揺《ゆ》さぶるファイトだった。

これが決勝点《けっしょうてん》となり、南葛中《なんかつちゅう》のベスト8《エイト》入《い》りがきまった。

試合終了後《しあいしゅうりょうご》、翼《つばさ》はすぐさま医務室《いむしつ》で肩《かた》の手当《てあ》てをうけた。

仲間《なかま》たちが見守《みまも》っていると、そこに立花兄弟《たちばなきょうだい》がやってくる。

とくに政夫《まさお》は自分《じぶん》のかわりにケガをした翼《つばさ》を心配《しんぱい》していた。

「なんていっていいか……。悪《わる》かったな、おれのせいで」

「これはしかたないよ。それよりわざわざ、ありがとう」

立花兄弟《たちばなきょうだい》は、南葛中《なんかつちゅう》のみんなに自分《じぶん》たちの分《ぶん》もがんばってくれとエールをおくった。

トーナメント戦《せん》とは、勝《か》った者《もの》が負《ま》けた者《もの》の思《おも》いも背負《せお》ってすすんでいくたたかいなのだ。


そのころ、スタンドにいる日向《ひゅうが》に声《こえ》をかける者《もの》がいた。

ふらの中《ちゅう》のキャプテン松山光《まつやまひかる》だ。

松山《まつやま》は、日向《ひゅうが》がケガをしているらしい、といううわさを耳《みみ》にして、それが本当《ほんとう》なのか日向《ひゅうが》にきいた。

すると、日向《ひゅうが》はそれを否定《ひてい》した。

「じゃあ、ケガしてるわけじゃないんだな」

「ああ、ケガなんかしてねえよ」

「じゃあ、なんで試合《しあい》にでないんだ」

「おまえには関係《かんけい》ねえことだ」

その口《くち》ぶりに、松山《まつやま》はいきどおる。

松山《まつやま》は小学生時代《しょうがくせいじだい》、全日本少年《ぜんにほんしょうねん》サッカー大会《たいかい》の宿舎《しゅくしゃ》の食堂《しょくどう》で、日向《ひゅうが》とやりあったことがあった。そのとき、日向《ひゅうが》にほおをおもいっきりはたかれた松山《まつやま》は、その借《か》りを試合《しあい》でかえすときめていたのだ。

「忘《わす》れたのか、あの借《か》りを」

「フッ、昔《むかし》のことを……」

日向《ひゅうが》は皮肉《ひにく》っぽく笑《わら》うが、松山《まつやま》はつづけた。

「とにかく、おれたちは準決勝《じゅんけっしょう》で翼《つばさ》をたおし、決勝《けっしょう》でおまえをたおすつもりでいる。なにがあったか知《し》らんが、決勝《けっしょう》には必《かなら》ずでてこいよ！」

そこまで話《はな》すと、「おれのいいたいことは、それだけだ」といって、松山《まつやま》は去《さ》っていった。

それから、日向《ひゅうが》は、今度《こんど》は南葛中《なんかっちゅう》のメンバーたちとでくわした。

「あっ、日向《ひゅうが》だ！」

石崎《いしざき》が声《こえ》をあげると、南葛中《なんかっちゅう》のみんなも口々《くちぐち》に日向《ひゅうが》が試合《しあい》にでていないことを問《と》いつめた。

「どういうことだよ、日向《ひゅうが》！」

「なめてかかると思《おも》わぬおとし穴《あな》があるぞ！」

「ちゃんと決勝《けっしょう》まで勝《か》ちのこれるんだろうな！」

日向《ひゅうが》は、またか……と苦笑《にがわら》いしながらこたえた。

「心配《しんぱい》するな。決勝《けっしょう》ではちゃんと相手《あいて》してやるよ」

その日向《ひゅうが》の言葉《ことば》を、翼《つばさ》はうれしそうにうけとめた。

「じゃあ、日向《ひゅうが》くん、ケガじゃないんだね！」

「ああ」

「じゃあ……南葛《なんかつ》と東邦《とうほう》で3年連続決勝戦《ねんれんぞくけっしょうせん》をやろう！」

翼《つばさ》は、無邪気《むじゃき》な笑《え》みをはじけさせた。

その笑顔《えがお》にあてられて、日向《ひゅうが》は一瞬息《いっしゅんいき》をのむが、すぐにいつもの口調《くちょう》でいった。

「おまえこそ、決勝《けっしょう》までに体調《たいちょう》をベストにしてこい！　じゃねえと、つぶしがいがねえからよ！」


その日《ひ》の夕方《ゆうがた》のことだった。

日向《ひゅうが》が実家《じっか》にもどると、なぜか家《いえ》の前《まえ》に三杉淳《みすぎじゅん》がいた。

三杉《みすぎ》もまた、日向《ひゅうが》が試合《しあい》にでていないことを気《き》にしていたのだ。

「なんの用《よう》だ。わざわざ、きたないおれんちを見《み》にきたのか？」

ぶっきらぼうに日向《ひゅうが》があしらおうとすると、三杉《みすぎ》が話《はな》しだす。

「今日《きょう》も試合《しあい》にでてなかったね。キミたちは、ボクたち武蔵中《むさしちゅう》をやぶって東京代表《とうきょうだいひょう》になったんだ。その東京代表《とうきょうだいひょう》として、日向欠場《ひゅうがけつじょう》のまま、ぶざまな試合《しあい》だけはしてほしくない」

「……用《よう》がすんだら、さっさと帰《かえ》れ」

日向《ひゅうが》のつめたい言葉《ことば》にも、三杉《みすぎ》はひるまない。

「でも、顔色《かおいろ》も体調《たいちょう》もよさそうで安心《あんしん》したよ。翼《つばさ》くんをたおせるのは、キミしかいない。決勝戦《けっしょうせん》を楽《たの》しみにしてるよ」

おだやかに、けれども熱《あつ》い思《おも》いを秘《ひ》めた声音《こわね》で話《はな》して、三杉《みすぎ》は帰《かえ》っていった。

「……ったく、どいつもこいつも」

日向《ひゅうが》はひとり、夕焼《ゆうや》けを見《み》つめていた。

こんなおれに、いらぬ心配《しんぱい》などしやがって……。

チームから追《お》いだされてしまったこともあって、一匹狼《いっぴきおおかみ》でいるつもりの日向《ひゅうが》だったが、いつの間《ま》にかライバルという同志《どうし》がまわりに何人《なんにん》もいた。

どうやら、自分《じぶん》はひとりでたたかっているわけではなさそうだ。

そのことを実感《じっかん》して、日向《ひゅうが》は光《ひか》るものをわずかに目元《めもと》にうかべた。

７ 長崎《ながさき》からきたダークホース

ついに、全国中学生《ぜんこくちゅうがくせい》サッカー大会《たいかい》、今年度《こんねんど》のベスト8《エイト》チームがでそろった。

そして、その8強《きょう》が準決勝《じゅんけっしょう》をめざす運命《うんめい》の1日《にち》がはじまろうとしていた。

埼玉代表明和東中《さいたまだいひょうめいわひがしちゅう》VS《バーサス》宮崎代表金村中《みやざきだいひょうかなむらちゅう》。

東京代表東邦学園《とうきょうだいひょうとうほうがくえん》VS《バーサス》長野代表中部中《ながのだいひょうちゅうぶちゅう》。

北海道代表《ほっかいどうだいひょう》ふらの中《ちゅう》VS《バーサス》愛媛代表南宇和中《えひめだいひょうみなみうわちゅう》。

静岡代表南葛中《しずおかだいひょうなんかつちゅう》VS《バーサス》長崎代表比良戸中《ながさきだいひょうひらどちゅう》。

なにがおこってもおかしくないトーナメント戦《せん》、はたして、勝《か》ちすすむのは――。

最初《さいしょ》にベスト4《フォー》入《い》りをきめたのは、埼玉代表明和東《さいたまだいひょうめいわひがし》だった。

若林《わかばやし》の元専属《もとせんぞく》コーチの見上辰夫《みかみたつお》は、この日《ひ》も日本《にほん》サッカー協会《きょうかい》の片桐宗政《かたぎりむねまさ》と観戦《かんせん》していた。

実《じつ》は、ヨーロッパから帰国《きこく》した見上《みかみ》の最初《さいしょ》の仕事《しごと》は、この大会《たいかい》の終了後《しゅうりょうご》に選《えら》ばれる全日《ぜんにち》本中学生選抜《ほんちゅうがくせいせんばつ》チームの強化合宿《きょうかがっしゅく》を実現《じつげん》することだった。

大会《たいかい》で活躍《かつやく》した選手《せんしゅ》から最強《さいきょう》の24人《にん》を選抜《せんばつ》、強化合宿《きょうかがっしゅく》だけでなくヨーロッパ遠征《えんせい》も視野《しや》にいれた計画《けいかく》だ。

「いよいよ、大会《たいかい》もおおづめですね」

片桐《かたぎり》がいうと、見上《みかみ》はうなずく。

「ええ。選手《せんしゅ》の選考《せんこう》もいよいよ佳境《かきょう》にはいってきましたよ」

南葛中《なんかつちゅう》の試合《しあい》は、その日《ひ》の最後《さいご》、第《だい》4試合《しあい》に予定《よてい》されていた。

試合前《しあいまえ》に医務室《いむしつ》で肩《かた》と足《あし》にテーピングしてもらった翼《つばさ》は、その帰《かえ》りに偶然《ぐうぜん》すれちがったふらの中《ちゅう》の松山《まつやま》から、対戦相手《たいせんあいて》の比良戸中《ひらどちゅう》のうわさを聞《き》いた。

なにやら彼《かれ》らにはあやしい余裕《よゆう》があるようだ、と。

比良戸中《ひらどちゅう》といえば、県大会《けんたいかい》のときから南葛中《なんかつちゅう》を偵察《ていさつ》していたチームだ。

これまであまり気《き》にしていなかったけど、思《おも》わぬダークホースかもしれない、と翼《つばさ》は気《き》をひきしめた。

同《おな》じころ、会場《かいじょう》のスタンドで観戦《かんせん》していた石崎《いしざき》たちのもとに、比良戸中《ひらどちゅう》のキャプテン次藤洋《じとうひろし》とＦＷ《フォワード》佐野満《さのみつる》があらわれた。

「南葛《なんかつ》の連勝記録《れんしょうきろく》もここまでタイ。今日《きょう》おまえらの神話《しんわ》はくずれるタイ」

「なにィ」

次藤《じとう》のものいいにくってかかろうとする石崎《いしざき》。ちょうどそこに医務室《いむしつ》からもどってきた翼《つばさ》が合流《ごうりゅう》した。

「さて、それはどうかな」

おちついた様子《ようす》で翼《つばさ》がわってはいると、次藤《じとう》はもったいぶった口調《くちょう》でいう。

「これはこれは、南葛中《なんかつちゅう》キャプテンの大空翼《おおぞらつばさ》くんじゃないですか。ま、おたがい勝利《しょうり》をめざして、がんばるだけタイ。よろしくタイ」

「こちらこそ」

次藤《じとう》がさしだした手《て》に翼《つばさ》も手《て》をのばして握手《あくしゅ》する。

しかし、その瞬間《しゅんかん》、次藤《じとう》はにぎる手《て》にギュッと力《ちから》をこめて、それから翼《つばさ》のケガをしているほうの肩《かた》をポンとたたいてニヤッとした。

翼《つばさ》は「うっ」と顔《かお》をしかめて、次藤《じとう》をにらんだ。

ちょうど、そのときのことだった。

「おおおおおお……ッ!!!」

スタンドが大《おお》きくどよめいた。

いまの時間《じかん》は次《つぎ》に出場《しゅつじょう》するチームの練習時間《れんしゅうじかん》で、試合《しあい》は行《おこな》われていないはずだが……。

ハッとして、翼《つばさ》がグラウンドに目《め》をやると、そこに日向小次郎《ひゅうがこじろう》の姿《すがた》があった。

「日向小次郎《ひゅうがこじろう》だ……！」

会場中《かいじょうじゅう》がついに姿《すがた》をあらわした日向《ひゅうが》に熱狂《ねっきょう》した。

次《つぎ》の試合《しあい》に日向《ひゅうが》がでるのだと確信《かくしん》してもりあがった。

「ついに、日向《ひゅうが》が！」

でも、そうではなかった。

試合《しあい》にでられなくともベンチにはいれてほしいと、日向《ひゅうが》が北詰監督《きたづめかんとく》にたのんだのだ。

自分《じぶん》が試合《しあい》にでようがでまいが、練習《れんしゅう》には参加《さんか》して決勝《けっしょう》までに仲間《なかま》をベストの状態《じょうたい》に仕《し》上《あ》げるのが、いま、自分《じぶん》ができることだと日向《ひゅうが》は考《かんが》えていた。

準々決勝戦《じゅんじゅんけっしょうせん》の東邦学園《とうほうがくえん》のスターティング・イレブンは、3回戦《かいせん》と同《おな》じ布陣《ふじん》となった。

北詰監督《きたづめかんとく》は、やはりこの試合《しあい》でも日向《ひゅうが》をつかう気《き》はないようだった。

「監督《かんとく》、日向《ひゅうが》さんは……」

タケシがいうと、監督《かんとく》はギロリとにらんだ。

すかさず、日向《ひゅうが》がいう。

「大丈夫《だいじょうぶ》だ。この試合《しあい》は、おまえたちの力《ちから》で十分勝《じゅうぶんか》てる。でも、もしも負《ま》けそうなときには……いつでもおれがとびこんでやる!!」

こうして、東京代表東邦学園《とうきょうだいひょうとうほうがくえん》VS《バーサス》長野代表中部中《ながのだいひょうちゅうぶちゅう》の試合《しあい》がはじまった。

日向《ひゅうが》がベンチから見《み》つめている。

それだけで、東邦学園《とうほうがくえん》の選手《せんしゅ》たちの士気《しき》がぐんとあがった。

日向《ひゅうが》のポジションをつとめているFW《フォワード》反町一樹《そりまちかずき》があざやかに先取点《せんしゅてん》をとる。

中部中《ちゅうぶちゅう》に攻《せ》めこまれても、ここまで無失点《むしってん》をつらぬいてきたキーパー若島津《わかしまづ》がしっかりとキャッチ。

東邦学園《とうほうがくえん》は日向《ひゅうが》がいない分《ぶん》、それぞれの選手《せんしゅ》がもっている力《ちから》を最大限《さいだいげん》発揮《はっき》してプレーしていた。

ふたをあけてみれば、東邦学園《とうほうがくえん》は準々決勝《じゅんじゅんけっしょう》をあぶなげなく3対《たい》0で勝利《しょうり》した。

つづいての試合《しあい》は、北海道代表《ほっかいどうだいひょう》ふらの中《ちゅう》VS《バーサス》愛媛代表《えひめだいひょう》南宇和中《みなみうわちゅう》だ。南宇和中《みなみうわちゅう》は初出場《はつしゅつじょう》チーム。ふらの中《ちゅう》は前半早々《ぜんはんそうそう》に、この大会《たいかい》ではじめて相手《あいて》に先取点《せんしゅてん》をゆるしてしまった。

しかも、そのまま後半戦《こうはんせん》に突入《とつにゅう》し、1点《てん》をかえせないまま、一進一退《いっしんいったい》の攻防《こうぼう》をつづけていた。

絶体絶命《ぜったいぜつめい》の危機《きき》をふらの中《ちゅう》のキーパー加藤正則《かとうまさのり》のファインセーブに救《すく》われると、ふがいない自分《じぶん》たちのプレーにぶちきれたキャプテンの松山光《まつやまひかる》が叫《さけ》んだ。

「もたついた試合《しあい》はここまでだ！　こんなところでふらのが負《ま》けてたまるか!!」

「キャプテン!!」

鬼気迫《ききせま》る松山《まつやま》の声《こえ》がチームメイトの心《こころ》にビリビリとひびいた。

「うおおおおおおおおお！」

後半戦《こうはんせん》ものこり10分《ぷん》のタイミングで、ふらの中《ちゅう》はキーパーをのこして全員攻撃《ぜんいんこうげき》の態勢《たいせい》にうってでた。

松山《まつやま》はドリブルをしながら、いままで仲間《なかま》たちと積《つ》みかさねてきた練習《れんしゅう》に思《おも》いをはせる。

北海道《ほっかいどう》のふりつもる雪《ゆき》のなかで、必死《ひっし》にサッカーをしてきた日々《ひび》だ。

「くそったれ！　一年中《ねんじゅう》、土《つち》の上《うえ》でぬくぬくサッカーができるヤツに負《ま》けてたまるかよ!!」

気合《きあ》いではなたれた松山《まつやま》のロングシュートがゴールネットを揺《ゆ》らした。

ここで同点《どうてん》に追《お》いついたふらの中《ちゅう》。

いきおいづいた松山《まつやま》は、南宇和中《みなみうわちゅう》ＭＦ《ミッドフィルダー》石田鉄男《いしだてつお》とのキャプテン対決《たいけつ》でもせりかって、チャンスボールをＦＷ《フォワード》小田和正《おだかずまさ》へおくった。

そして、チームメイトへの信頼《しんらい》をこめてはなたれたそのパスが絶好《ぜっこう》のアシストとなり、ふらの中《ちゅう》の決勝点《けっしょうてん》につながることになった。

明和東《めいわひがし》、東邦学園《とうほうがくえん》、ふらの中《ちゅう》の準決勝進出《じゅんけっしょうしんしゅつ》がきまった。

のこるイスは一《ひと》つ。

静岡代表南葛中《しずおかだいひょうなんかつちゅう》VS《バーサス》長崎代表比良戸中《ながさきだいひょうひらどちゅう》の試合《しあい》で、その座《ざ》を勝《か》ちとるチームがきまる。

ここまで1点差《てんさ》の辛勝《しんしょう》で勝《か》ちすすんできた大会初出場《たいかいはつしゅつじょう》の比良戸中《ひらどちゅう》が、V3《ヴイスリー》をねらう王者《おうじゃ》南葛中《なんかつちゅう》にどこまでくいさがれるか。はたまた南葛中《なんかつちゅう》の圧勝《あっしょう》になるのか。会場中《かいじょうじゅう》から熱気《ねっき》いっぱいの声援《せいえん》がおくられていた。

ピィイイイ……ッ!!

青空《あおぞら》に抜《ぬ》けるように試合開始《しあいかいし》のホイッスルが鳴《な》った。

比良戸中《ひらどちゅう》ボールからのキックオフ。しかし、比良戸中《ひらどちゅう》は、バックパスをくりかえして、なかなかボールを前《まえ》にすすめようとしなかった。

しびれをきらした南葛中《なんかつちゅう》FW《フォワード》滝《たき》がボールをうばう。

けれども、目《め》の前《まえ》にかべのように立《た》ちはだかった比良戸中《ひらどちゅう》DF《ディフェンダー》次藤《じとう》に激突《げきとつ》して、すぐにボールをうばいとられてしまった。

「これから比良戸中《ひらどちゅう》の本当《ほんとう》の力《ちから》を見《み》せてやるタイ!　いくタイ!」

なんだかイヤな予感《よかん》がした翼《つばさ》は、キーパー森崎《もりさき》に「森崎《もりさき》、気《き》をつけろ!」と叫《さけ》ぶ。

それとほぼ同時《どうじ》に、センターサークル近《ちか》くにいる次藤《じとう》からロングシュートがはなたれた。翼《つばさ》の声《こえ》のおかげもあって、森崎《もりさき》はこれにしっかり反応《はんのう》した。

しかし、とれると思《おも》ったその瞬間《しゅんかん》、ゴール前《まえ》にとびこんできたＦＷ《フォワード》佐野《さの》のヘディングでコースを変《か》えられて、ゴールをきめられてしまう。

がっはっはっは、と次藤《じとう》の豪快《ごうかい》な笑《わら》い声《ごえ》がひびきわたる。

「まさか、こんな簡単《かんたん》な技《わざ》に、南葛中《なんかつちゅう》がひっかかりおったたわい!!」

やはり、比良戸中《ひらどちゅう》はダークホースだ。

「試合《しあい》はまだはじまったばかり。とられたら、

とりかえすまでだ!!」

翼《つばさ》は闘志《とうし》を燃《も》やして力強《ちからづよ》くいいはなち、攻《こう》撃《げき》にうつった。

でも、比良戸中《ひらどちゅう》の守《まも》りは厚《あつ》かった。

中学生数人分《ちゅうがくせいすうにんぶん》の大《おお》きさとパワーをもっているのではと思《おも》われる次藤《じとう》のアタックが、ボールをもつ者《もの》をけちらしていく。

あざやかなフットワークをもつ翼《つばさ》でさえ、吹《ふ》きとばされて、あろうことか痛《いた》めた肩《かた》を強《きょう》打《だ》してしまう。

比良戸中《ひらどちゅう》DF《ディフェンダー》次藤洋《じとうひろし》のすさまじい守《まも》りが炸裂《さくれつ》しています!

しかも、ボールをキープしたまま、あがっ

あ〜〜〜っ
ゴール前《まえ》にいた
佐野《さの》くん
ヨコからとびだし
このシュートの
コースをかえたァ!!
なにイ

ていく……！

まるでダンプカーのようにパワフルなドリブルだァ！

なんとか次藤《じとう》をとめようと南葛中《なんかつちゅう》FW《フォワード》来生《きすぎ》がスライディング・タックルをしかけるが、逆《ぎゃく》に吹《ふ》きとばされてしまう。

そして、次藤《じとう》がふたたび、センターサークル近《ちか》くからロングシュートをはなつと、1点《てん》目《め》と同《おな》じように佐野《さの》がとびだしてきた。

だが、そうは問屋《とんや》がおろさないと、南葛一《なんかついち》のガッツをほこるDF《ディフェンダー》石崎《いしざき》が動《うご》く。

「バカヤロウ！　二度《ど》も同《おな》じ手《て》にかかると思《おも》ってんのか!!　ふざけるなってんだ!!」

石崎《いしざき》は佐野《さの》の前《まえ》にわってはいり、次藤《じとう》からのボールを顔面《がんめん》ダイビングヘッドでカット。

ただ、こぼれたボールは、結局《けっきょく》、佐野《さの》がひろってしまった。

「へへ。次藤《じとう》キャプテンもぼちぼち本当《ほんとう》の力《ちから》をだしてきたし、おれもそろそろ本気《ほんき》でいくとするかな」

長《なが》い前髪《まえがみ》の下《した》の表情《ひょうじょう》はよくわからないが、佐野《さの》がゆかいそうに笑《わら》う。それから、ヒョイヒョイと軽快《けいかい》なボールさばきで石崎《いしざき》をふりまわした。

なかなかボールをうばえない石崎《いしざき》に、南葛中《なんかつちゅう》DF《ディフェンダー》中里正人《なかざとまさと》と高杉真吾《たかすぎしんご》が加《くわ》わって、佐野《さの》にプレッシャーをかけにいく。

けれども、まるで曲芸師《きょくげいし》のように軽快《けいかい》なボールさばきにほんろうされて、3人《にん》がかりでも佐野《さの》からボールをうばうことができなかった。

そうして、そのすきに逆《ぎゃく》サイドにあがった次藤《じとう》に、佐野《さの》からのボールがわたってしまう。

次藤《じとう》にはDF《ディフェンダー》小田強《おだつよし》がマークについているが、あまりの体格差《たいかくさ》に小田《おだ》は簡単《かんたん》にけちらされてしまった。

もう誰《だれ》にも次藤《じとう》をとめられない。

あのロングシュートをはなった大《だい》パワーで、今度《こんど》は至近距離《しきんきょり》からシュートをはなった。

南葛中《なんかつちゅう》キーパー森崎《もりさき》は、それを身体《からだ》の正面《しょうめん》でがっちりつかんだ。

けれども、そのまま身体《からだ》ごと吹《ふ》きとばされて、ゴールネットにおしこまれてしまった。


す……すごい破壊力《はかいりょく》です……！

と…とった!!
森崎《もりさき》くん体《からだ》の真正面《ましょうめん》でがっちりつかんだ!!
やったァ森崎《もりさき》!!
ぐっ
ああっ
キ…キーパーが…
みろ

比良戸中《ひらどちゅう》、なんと前半《ぜんはん》10分《ぷん》で南葛中《なんかつちゅう》から2点《てん》をうばいました！

DF《ディフェンダー》次藤洋《じとうひろし》とFW《フォワード》佐野満《さのみつる》による剛《ごう》と柔《じゅう》のコンビネーションがさえています!!

これは南葛中《なんかつちゅう》、V3《ヴイスリー》に黄色信号《きいろしんごう》がともったかァ!?


2点《てん》を先取《せんしゅ》したことで、さらに守《まも》りを厚《あつ》くする比良戸中《ひらどちゅう》。

なんとかこれをきりくずしてやると翼《つばさ》は意気《いき》ごむが、FW《フォワード》に目《め》をくばると、滝《たき》も来生《きすぎ》もつらそうな表情《ひょうじょう》をしていた。次藤《じとう》との接触《せっしょく》で身体《からだ》を痛《いた》めたのだ。

そんな……！　攻《せ》めの中心《ちゅうしん》を担《にな》うふたりが負傷《ふしょう》するなんて。おれも肩《かた》をやってしまっているというのに……。

翼《つばさ》は、内心《ないしん》とてもあわてた。でも、すぐにきりかえて、井沢《いざわ》へパスをまわした。

翼《つばさ》と井沢《いざわ》は、ワンツーリターンでていねいにすすみ、最後《さいご》に翼《つばさ》がゴール前《まえ》にクロスをあげる。

それは、井沢《いざわ》のヘディングをねらっていると思《おも》わせて、FW《フォワード》長野洋《ながのひろし》にあわせた絶妙《ぜつみょう》なボールだった。

しかも、比良戸中《ひらどちゅう》のキーパーは、井沢《いざわ》につられて前《まえ》にでている。
「いけ！　長野《ながの》！」
絶好《ぜっこう》のチャンスに石崎《いしざき》が叫《さけ》んだ。
しかし……。
バッチィイン！
長野《ながの》の前《まえ》に次藤《じとう》がジャンプでわってはいり、大《おお》きくボールをカットした。
そのボールをひろったのは、またも佐野《さの》。
すぐさま、ひとりで攻《せ》めあがるが、今度《こんど》はそれを南葛中DF《なんかつちゅうディフェンダー》高杉《たかすぎ》が大胆《だいたん》にカットした。
「たったひとりに何度《なんど》も抜《ぬ》かれる南葛DF《なんかつディフェンダー》じゃないぜ‼」
そこから身体《からだ》の大《おお》きな高杉《たかすぎ》によるパワフルなドリブルがくりだされる。
それをむかえうつのは、やはり次藤《じとう》だ。
ドッカァア……ン！
巨漢同士《きょかんどうし》が激突《げきとつ》した音《おと》がひびきわたった。
このぶつかりあいを制《せい》したのは……次藤《じとう》！

高杉《たかすぎ》のパワーをもってしても、次藤《じとう》には太刀打《たちう》ちできなかったのだ。

南葛中《なんかつちゅう》のメンバーは、愕然《がくぜん》とした。

ただ、ここで間髪《かんはつ》いれずに動《うご》いた選手《せんしゅ》がいた。

翼《つばさ》だ。

次藤《じとう》にスライディング・タックルをくらわすと、体格《たいかく》差《さ》をもろともせず華麗《かれい》にボールをうばう。

やがてシュートのチャンスがめぐってくると、翼《つばさ》はまよいなく、足《あし》をふりあげる。

「いけェ！　翼《つばさ》！」

「まず1点《てん》だ！」

スタンドから応援《おうえん》の声《こえ》がとびかう。

だが、翼《つばさ》がミドルシュートをはなったその瞬間《しゅんかん》、次藤《じとう》がそこにつっこんできた。

翼《つばさ》の肩《かた》と次藤《じとう》の肩《かた》が激突《げきとつ》！

迫《せま》りくる次藤《じとう》に翼《つばさ》が一瞬気《いっしゅんき》をそらしたことで、ボールはわずかにそれてゴールポストにあたり、はねかえってしまった。

比良戸中《ひらどちゅう》ＤＦ《ディフェンダー》がそれをひろい、ここぞとばかりにカウンターアタックをしかけてくる。

「うっ、みんなもどれ！」

騒然《そうぜん》とする南葛中《なんかつちゅう》メンバー。だが、翼《つばさ》はシュートをはなったその場所《ばしょ》から動《うご》けず、肩《かた》を押《お》さえてうずくまってしまっていた。

「いけェ！　チャンスだ!!」

このすきに、比良戸中《ひらどちゅう》が猛攻《もうこう》にはいる。

次藤《じとう》があがり、またもロングシュートをはなつ。

ただ、今度《こんど》のシュートには、あまり大《おお》きな威力《いりょく》はなかった。

ボールがゴール前《まえ》でバウンドするのを見《み》こして、キーパー森崎《もりさき》はとびつこうとした。

だが、そのときだ。

ボールは、ワンバウンドしたとたん、手前《てまえ》にはじけとんだ。

次藤《じとう》はシュートにバックスピンをかけていたのだ。

そして、手前《てまえ》にもどってきたそのボールに、佐野《さの》がとびこんであわせていく。

「なにイッ！」

佐野《さの》のマークについていた石崎《いしざき》と中里《なかざと》は、あまりに意外《いがい》な動《うご》きに対応《たいおう》できずにいた。

パサア……ッ
南葛中《なんかつちゅう》にとって無情《むじょう》にもゴールネットが揺《ゆ》れる音《おと》がひびいた。もうこの試合《しあい》で三度目《どめ》だ。

な、なんと、ここで追加点《ついかてん》……

比良戸中FW《ひらどちゅうフォワード》佐野《さの》、まさかの変化球《へんかきゅう》からシュートをきめたアァア！

この1点《てん》はあまりに大《おお》きい！　南葛V3神話《なんかつヴイスリーしんわ》をうちくだく1点《てん》か！

「南葛《なんかつ》が……」

「翼《つばさ》が……」

「負《ま》ける……」

あまりの展開《てんかい》に、会場《かいじょう》にいるほとんどの者《もの》が絶句《ぜっく》していた。

誰《だれ》が考《かんが》えても、サッカーの試合《しあい》における3点差《てんさ》は、大《おお》きすぎる。

翼《つばさ》ならなんとかできると信《しん》じたくとも、なにより、翼《つばさ》から闘志《とうし》が消《き》えてしまっていた。

肩《かた》のケガ、足《あし》のケガがかさなって思《おも》うように動《うご》かない身体《からだ》に、3点《てん》ビハインドという大《おお》きな点差《てんさ》がのしかかり、翼《つばさ》の心《こころ》をおしつぶしていく。

「ダ、ダメだ……勝《か》てない……」

翼《つばさ》は、ピッチの真《ま》ん中《なか》で肩《かた》を押《お》さえて、呆然《ぼうぜん》としていた。

若林《わかばやし》くん。V3《ヴイスリー》はもうできそうにないよ……。

岬《みさき》くん。キミとのコンビプレーなら絶対無敵《ぜったいむてき》なのに、ダメだ。来生《きすぎ》も滝《たき》もおれもケガをしてしまっている……。

ロベルト、ごめん。おれ、とうとう負《ま》けちゃうよ……。

気力《きりょく》と体力《たいりょく》のすべてをつかいはたして、翼《つばさ》は、ばたりとその場《ば》につっぷした。

8 不滅《ふめつ》のチームワーク

「どうした、翼《つばさ》！」

「どうした、翼《つばさ》！」

「どうした、翼《つばさ》！」

涙《なみだ》がでそうになるほどなつかしい、いくつかの声《こえ》が自分《じぶん》の名《な》を呼《よ》んでいる。

この声《こえ》は……。

翼《つばさ》は、まっ暗闇《くらやみ》のなかで目《め》を覚《さ》ました。

サッカーの試合《しあい》をしていたはずなのに、あたりにはなにもなかった。

ピッチも、スタンドも、ボールも、なにも……。

ただ、目《め》をこらすと暗闇《くらやみ》のなかに、若林源三《わかばやしげんぞう》、岬太郎《みさきたろう》、そして、ロベルト本郷《ほんごう》が立《た》っていた。

どんなに会《あ》いたくても、いまは会《あ》えっこないと思《おも》っていた3人《にん》がいた。

りりしいまなざしをむけて若林《わかばやし》がいう。

「なに弱気《よわき》になっているんだ！　まだ前半戦《ぜんはんせん》だぞ！　こんなに早《はや》く試合《しあい》をあきらめるのか、翼《つばさ》！」

やわらかな微笑《ほほえ》みをふりまいて岬《みさき》がいう。

「そうだよ、翼《つばさ》くん。たとえ、ボクがいなくても、キミは誰《だれ》とでもコンビが組《く》めるはずじゃないか。それだけまとまってるいいチームじゃないか、南葛《なんかつ》は！」

それから、子《こ》どものようにキラキラとかがやくひとみでロベルトがいった。

「ドライブシュートだ！　おまえにはそれが

そうだよ 翼《つばさ》くん
ボクが いなくても
きみは チームメイトの
だれとでも コンビが
くめるはずじゃないか
それだけ まとまった
チームじゃないか 南葛《なんかつ》は!!
ドライブシュートだ!
おまえにはそれがある!!
おれがおしえた…
のこしていった
夢《ゆめ》の奇跡《きせき》の
ドライブ
シュートだ!!
ロベルト…
ドライブ
シュート…

ある！　オレがのこしていった、夢《ゆめ》のドライブシュートだ！」

大好《だいす》きな3人《にん》からはなたれた3人《にん》らしい言葉《ことば》と声《こえ》が、翼《つばさ》の心《こころ》にしみていく。

「若林《わかばやし》くん、岬《みさき》くん、ロベルト……」

翼《つばさ》のなかに、勇気《ゆうき》と元気《げんき》がふつふつとわきあがってきた。


ピッチでは、たおれた翼《つばさ》に南葛中《なんかつちゅう》のメンバーがかけよって、必死《ひっし》にその名《な》を呼《よ》んでいた。

タンカがもちこまれて、翼《つばさ》を医務室《いむしつ》へ運《はこ》びだす準備《じゅんび》がすすんでいた。

だが、そのとき、翼《つばさ》の意識《いしき》がもどる。

「……大丈夫《だいじょうぶ》です」

そう口《くち》にすると、よろけながらもしっかりと立《た》ちあがった。

「大丈夫《だいじょうぶ》。なんともありません」

「つ、翼《つばさ》」

「本当《ほんとう》に大丈夫《だいじょうぶ》なのか」

心配《しんぱい》する仲間《なかま》たちに、翼《つばさ》は力強《ちからづよ》いまなざしでこたえた。

「うん」

翼《つばさ》は暗闇《くらやみ》のなかで、自分《じぶん》にとって「たしかなもの」を再確認《さいかくにん》した。

それは、絶対《ぜったい》に、サッカーをあきらめないっていうことだ。やっぱり、おれは、うしろをむいてなんていられないんだ。

「試合《しあい》はもうきまりタイ。そのまま、おねんねしてたらどうですタイ」

そう次藤《じとう》にあおられても、翼《つばさ》はニコッとさわやかな笑顔《えがお》をかえした。


前半戦《ぜんはんせん》は、それからすぐに終了《しゅうりょう》した。

ハーフタイムのあいだに、いかに気持《きも》ちをきりかえられるかが勝負《しょうぶ》となる。

でも、翼《つばさ》の〝ハーフタイム〟は、もうあの暗闇《くらやみ》のなかで完了《かんりょう》していた。

魂《たましい》ごとリフレッシュした翼《つばさ》は、医務室《いむしつ》での手当《てあ》てを終《お》えてメンバーのもとに帰《かえ》ると、はずむようにいった。

「さア、いこう、後半戦《こうはんせん》だ！」

小学生《しょうがくせい》のころのように天真爛漫《てんしんらんまん》に翼《つばさ》が笑《わら》うと、仲間《なかま》たちの心《こころ》も前向《まえむ》きなものにきりかわっていく。
さて、ここからどう攻《せ》めようか。
翼《つばさ》はなんだか、とってもワクワクしていた。

さァ、両《りょう》チームの選手《せんしゅ》が入場《にゅうじょう》してまいりました！
心配《しんぱい》された南葛中《なんかつちゅう》キャプテンの大空翼《おおぞらつばさ》ですが、後半戦《こうはんせん》もひきつづき出場《しゅつじょう》するようです！
試合《しあい》は３点《てん》ものビハインドを南葛中《なんかつちゅう》が追《お》うという、まさかの展開《てんかい》！
比良戸中《ひらどちゅう》が歴史的《れきしてき》な一勝《いっしょう》をかっさらうか？
南葛中《なんかつちゅう》が世紀《せいき》の大逆転《だいぎゃくてん》をはたすか？
いずれにしても絶対《ぜったい》に見《み》のがせない一戦《いっせん》です！

「……キックオフのホイッスルが鳴《な》ったら、すぐにおれにわたしてくれ。まず、1点《てん》、おれがぶちこむ」
センターサークルのなかで、翼《つばさ》が井沢《いざわ》にそっとささやいた。

井沢《いざわ》からボールをおくられると、言葉《ことば》のとおり、翼《つばさ》はドリブルで突進《とっしん》する。

これまで以上《いじょう》にすばやいドリブルで、比良戸中《ひらどちゅう》の選手《せんしゅ》のあいだを疾風《しっぷう》のごとくかけぬけていく。

『ゴールが見《み》えたら、うて！　翼《つばさ》！』

翼《つばさ》の心《こころ》のなかに、ロベルトの声《こえ》がひびく。

OK《オーケー》、ロベルト。

翼《つばさ》は、比良戸中《ひらどちゅう》のフィールドにはいってすぐに、早《はや》くもシュート体勢《たいせい》にはいった。

浅《あさ》い位置《いち》からのムリなシュートに、スタンドから悲鳴《ひめい》にもにた声《こえ》がとぶ。

「血《ち》まよったか、翼《つばさ》！」

「あせってちゃダメだ！」

「そんなところからうっても、無意味《むいみ》だ！」

日向小次郎《ひゅうがこじろう》、三杉淳《みすぎじゅん》、松山光《まつやまひかる》といった翼《つばさ》の強《つよ》さをよく知《し》る者《もの》たちから見《み》ても、さすがにむずかしいと思《おも》われる位置《いち》だった。

翼《つばさ》がくりだそうとしているのは、もちろん、ドライブシュートだ。

「うおおおおおおおおおお！」

地響《じひび》きのようなおたけびをあげながら足《あし》をふりあげ、けりつける。

これまでとこれから、翼《つばさ》のサッカー人生《じんせい》のすべてを注《そそ》ぎこむようにはなたれたボールが、うなりをあげて比良戸中《ひらどちゅう》のゴールにむかった。


大空翼《おおぞらつばさ》、渾身《こんしん》のロングシュート！

し、しかし、これはクロスバーの上《うえ》を越《こ》えて……。

翼《つばさ》のドライブシュートは未完成《みかんせい》。また、わくをはずすだろう。
比良戸中《ひらどちゅう》キャプテン次藤《じとう》が余裕《よゆう》の笑《え》みをうかべた、そのときだった。
ギュワ……ン
ゴールを越《こ》えて、そのまま空《そら》にむかうと思《おも》われたボールが、突然《とつぜん》おちた。
そして、次《つぎ》に聞《き》こえたのは、パ……ッサァという音《おと》だ。
なんと、ボールは急降下《きゅうこうか》して、気《き》づけばゴールネットのなかにおさまっていた。

い、いや……は、はいった……。はいりました！

いったい、なにがおこったのでしょうか!?

ゴールを越《こ》えると思《おも》われたボールですが、いま、たしかにネットにつきささっています!!

後半戦開始《こうはんせんかいし》からわずか1分《ぷん》！

南葛中《なんかつちゅう》、ついに1点《てん》をかえしましたァア！

ついに、ドライブシュートが完成《かんせい》した。

「……はいった」

翼《つばさ》がぽつりとつぶやくと、次《つぎ》の瞬間《しゅんかん》、よろこびの声《こえ》をあげて仲間《なかま》たちが抱《だ》きついてくる。

スタンドの歓声《かんせい》が爆発《ばくはつ》するなかで、日本《にほん》サッカー協会《きょうかい》の片桐《かたぎり》は、深《ふか》く感心《かんしん》していた。

大空《おおぞら》から翼《つばさ》をひろげて、獲物《えもの》をねらう猛禽類《もうきんるい》のように急降下《きゅうこうか》するドライブシュート。なにがなんでもきめなければならないこのタイミングで結果《けっか》をだせるメンタルと技術力《ぎじゅつりょく》のある選手《せんしゅ》は、そういるものじゃない。肩《かた》のケガというハンデをのりこえて、不死鳥《ふしちょう》のごとく

ドライブシュートだ!!
翼《つばさ》くんこん身《しん》の力《ちから》をこめてロングシュートをはなったァ!!

おおっ
これがうなりをあげ比良戸《ひらど》ゴールにむかう!!

復活《ふっかつ》してきた大空翼《おおぞらつばさ》。まったく、たいした選手《せんしゅ》だ。

そして、日向《ひゅうが》も、ドライブシュートの完成《かんせい》を心《こころ》からよろこんでいた。

うれしいぜ。翼《つばさ》、おまえがこんなシュートを開発《かいはつ》していたとはな。でも、おれの右足《みぎあし》にだって、おまえの知《し》らないスーパーショットがやどっているんだぜ。

日向《ひゅうが》は、あの沖縄《おきなわ》の海《うみ》で自分《じぶん》がつかんだものを、翼《つばさ》におもいきりぶつけられるそのときを心待《こころま》ちにしていた。


翼《つばさ》のドライブシュートがきまったことで、比良戸中《ひらどちゅう》のプレーにほころびがではじめた。

試合再開早々《しあいさいかいそうそう》、佐野《さの》のドリブルを井沢《いざわ》がカット。

ふたたび、翼《つばさ》にボールがわたる。

さらに、いまの翼《つばさ》には、相手《あいて》のすきを少《すこ》しも見《み》のがさない集中力《しゅうちゅうりょく》があった。

ボールをうばわれた比良戸中《ひらどちゅう》がばたついたわずかのすきに、またもドライブシュートをくりだした。

ズサァァァァ!!

ボールは上《うえ》から下《した》へ鋭《するど》いカーブをえがいて、あっけなくゴールに吸《す》いこまれていく。

後半開始《こうはんかいし》からわずか3分《ぷん》で2得点《とくてん》。南葛中《なんかつちゅう》は一気《いっき》に1点差《てんさ》までつめよった。

けれど、2連続《れんぞく》でゴールをきめてもなお、翼《つばさ》は、比良戸中《ひらどちゅう》のゴールをまっすぐに見《み》すえていた。


試合《しあい》の流《なが》れが変《か》わったことで、両《りょう》チームのたたかい方《かた》も変《か》わっていった。

比良戸中《ひらどちゅう》は、ポジションチェンジして、キックオフのタイミングからDF《ディフェンダー》次藤《じとう》をセンターサークル内《ない》にあげてきた。

ボールをキープするのは、次藤《じとう》だ。

南葛中《なんかつちゅう》FW《フォワード》の長野《ながの》がスライディング・タックルをしかけるが、次藤《じとう》の足《あし》に押《お》さえつけられたボールはびくとも動《うご》かなかった。

「な、なにィ！」

次藤《じとう》の足元《あしもと》にボールが固定《こてい》されているあいだに、佐野《さの》はすばしっこく動《うご》きまわり、自分《じぶん》についたマークをはずす。

すると、それを見《み》はからって、次藤《じとう》が弾丸《だんがん》のようなパスをけりだした。

だが、これを井沢《いざわ》がしっかりカット。

「くそっ！　ならば、これでいくタイ！」

ふたたび次藤《じとう》がこぼれだまをけりだすが、これにバックスピンがかかっていることに気《き》づいた翼《つばさ》が、いち早《はや》く森崎《もりさき》に指示《しじ》をだした。

「森崎《もりさき》、でるな！　またバックスピンがかかってるぞ」

「OK《オーケー》！」

そこへ石崎《いしざき》と中里《なかざと》のマークにはさまれながら、佐野《さの》がかけこんでくる。

前半《ぜんはん》にきめた3点目《てんめ》と同《おな》じシチュエーションだ。

佐野《さの》は、スピンではねかえったボールをうけて、強引《ごういん》にシュートをうつが、もう同《おな》じ手《て》にはのらない森崎《もりさき》は、これをしっかりキャッチした。そして、すかさずゴールキックにはいる。

ボールが翼《つばさ》にわたると、われんばかりの歓声《かんせい》がまきおこった。

これをきめたら、同点《どうてん》だ。

翼《つばさ》は、まよいなくドライブシュートの体勢《たいせい》にはいる。

「いけエ……！」

「そうは、いくか！」

ビシィィィ！

はげしい音《おと》とともに赤《あか》い血《ち》がとびちり、ボールがサイドラインをわった。

見《み》ると、シュートをふせぎにいった次藤《じとう》のひたいから、血《ち》が流《なが》れていた。

ボールをぶつけて、目元《めもと》からあごにまで血《ち》をたらしながら、次藤《じとう》はなぜか不敵《ふてき》に笑《わら》う。

くっ
こ…これは翼《つばさ》くんのドライブシュートを阻止《そし》しにいった次藤《じとう》くん顔面《がんめん》に そのボールをうけたようです!!
HIRADO

「フ……ワシは、ずっと、こういうたたかいを待《ま》ちのぞんでいたんだ。相手《あいて》が大《おお》きければ大《おお》きいほどたおしがいがあるというもんタイ」

次藤《じとう》のひとみに、これまでにない、ギラギラとしたかがやきがやどっていた。

「キャプテンのいうとおり、勝負《しょうぶ》はこれからだぜ」

佐野《さの》も同《おな》じように、前髪《まえがみ》の奥《おく》のひとみをギラッと光《ひか》らせた。

もう、いまの翼《つばさ》には、ボールとゴールしか見《み》えていない。

たとえ、肩《かた》や足《あし》がこわれたとしてもかまわない、そんな気合《きあ》いでドライブシュートをくりだしつづけた。

マークについていた佐野《さの》の身体《からだ》をドライブシュートの威力《いりょく》で吹《ふ》っとばし、こぼれたボールにくらいついて、もう一度《いちど》、ドライブシュートをうつ。

そして、今度《こんど》は巨体《きょたい》の次藤《じとう》の身体《からだ》をも吹《ふ》きとばした。

ああっと、守《まも》りの要《かなめ》、次藤洋《じとうひろし》が、ついにたおされた！

ただ、これで比良戸中《ひらどちゅう》は３本《ぼん》つづけてドライブシュートをふせいだことになります！

同点《どうてん》にさせまいとする、さすがのねばりだ！

しかし、大空翼《おおぞらつばさ》はまたもこぼれだまにくらいつく！

すさまじいゴールへの執念《しゅうねん》！　同点《どうてん》への執念《しゅうねん》！　Ｖ３《ヴィスリー》への執念《しゅうねん》だ‼


「うおおおおおおおおおおおお！」

「追《お》いつかれて、たまるかァァァ！」

翼《つばさ》のおたけびに、次藤《じとう》の叫《さけ》びがかさなった。

次藤《じとう》の守《まも》りへの執念《しゅうねん》が、その巨体《きょたい》を立《た》ちあがらせていた。

けれど、翼《つばさ》は、立《た》ちはだかるすべてのかべをドライブシュートでうちくだかんとしていた。

はなたれたドライブシュートが、それをふせごうとする次藤《じとう》の腹《はら》にうちつけられる。

ドガァ……ッッ！

ズザザザッ！

次藤《じとう》は逃《に》げずに真正面《ましょうめん》からドライブシュートをうけとめた。

あ…ああ〜〜〜っ
これは 次藤《じとう》くんも佐野《さの》くんとおなじように
そ…その体《からだ》で翼《つばさ》くんのドライブシュートをふたたびふせいだァ!!
おおっ!!
比良戸《ひらど》すごいねばりだ!!
同点《どうてん》には なかなかおいつかせない!!
これで3本《ぼん》つづけて翼《つばさ》くんのドライブシュートをふせいだことになります!!
ぐっ

しかし次藤《じとう》くんの巨体《きょたい》もふっとぶ!!
すさまじい威力《いりょく》の翼《つばさ》くんのドライブシュートです!!

だが、その威力《いりょく》におしこまれて、次藤《じとう》の身体《からだ》はボールとともにゴールラインをわってい
た。
執念《しゅうねん》と執念《しゅうねん》の対決《たいけつ》は、翼《つばさ》が制《せい》した。
翼《つばさ》のドライブシュートが、ようやく同点《どうてん》ゴールとして結実《けつじつ》した。
しかし……。
バタッ
ピッチの上《うえ》で、また翼《つばさ》がたおれた。
「あと1点《てん》……あと1点《てん》とらなきゃ……」
うつぶせにたおれこんだまま、うわ言《ごと》のようにくりかえす。気力《きりょく》はあっても、体力《たいりょく》の限《げん》
界《かい》が近《ちか》づいてきていた。
「本当《ほんとう》にだらしないキャプテンだよね……」
翼《つばさ》は、消《き》えいりそうな声《こえ》でつぶやいた。
それは、さっきまで鬼神《きじん》のようにドライブシュートをうちつづけていた少年《しょうねん》と同《おな》じ人間《にんげん》
とは思《おも》えないほど、弱々《よわよわ》しい姿《すがた》だった。

「何度《なんど》も何度《なんど》も、かっこ悪《わる》くたおれちゃったりしてさ」

キャプテンの意外《いがい》な言葉《ことば》に、仲間《なかま》たちはおどろいた。

「なにいってんだよ。かっこ悪《わる》いわけないじゃないか。ひとりで、3点《てん》もいれてさ」

石崎《いしざき》は心《こころ》からの思《おも》いを翼《つばさ》に伝《つた》えた。

かっこ悪《わる》いわけがない。かっこよすぎてこまるくらいだ。

「なァ、翼《つばさ》。少《すこ》しやすんでてくれよ。おれたちだって、もうこれ以上《いじょう》は得点《とくてん》させない」

「まだ、逆転《ぎゃくてん》への時間《じかん》は十分《じゅうぶん》あるだろ」

南葛中《なんかつちゅう》メンバーは、翼《つばさ》にはしばらく動《うご》きをセーブしてもらうことにきめた。

ラストの勝負時《しょうぶどき》にそなえて、体力《たいりょく》を温存《おんぞん》する作戦《さくせん》だ。

「そのあいだは、おれたちでがんばるよ！」

「……うん。ありがとう、みんな」

やさしくてたのもしいみんなの言葉《ことば》が、翼《つばさ》の胸《むね》にひびいた。

ただ、みんながなんていってくれようとも、だらしないキャプテンでごめんという気持《きも》ちは、なくならなかった。本当《ほんとう》はもっと、かっこよく逆転《ぎゃくてん》のドライブシュートまできめたかったのだ。

そのとき、ここまでの空気《くうき》を断《た》ちきるように、力強《ちからづよ》い声《こえ》がひびいた。

「いくぞ、南葛《なんかつ》！　勝負《しょうぶ》はこれからだ！」

声《こえ》の主《ぬし》は、前髪《まえがみ》から鋭《するど》いまなざしをのぞかせた比良戸中《ひらどちゅう》の佐野《さの》。FW《フォワード》としての意地《いじ》がじりじりと燃《も》えていた。


そうして、はげしい試合《しあい》が再開《さいかい》された。

同点《どうてん》に追《お》いついたとはいえ、翼《つばさ》の限界《げんかい》や、滝《たき》と来生《きすぎ》の負傷《ふしょう》を考《かんが》えると、南葛中《なんかつちゅう》のたたかいはけっして楽《らく》なものではなかった。

南葛中《なんかつちゅう》の追《お》いあげに刺激《しげき》されるかたちで、比良戸中《ひらどちゅう》の選手《せんしゅ》たちのやる気《き》も倍増《ばいぞう》して、どちらも一歩《いっぽ》もひかない展開《てんかい》に突入《とつにゅう》していく。

気迫《きはく》のドリブルで攻《せ》めあがっていく佐野《さの》を井沢《いざわ》がむかえうつと、マンツーマンのつばぜりあいがはじまった。あらゆるフェイントをしかけてボールをはこんでいこうとする佐野《さの》と、絶対《ぜったい》にすすませまいとその動《うご》きに密着《みっちゃく》する井沢《いざわ》。

だが、どちらに軍配《ぐんばい》があがるのか——と、スタンドの注目《ちゅうもく》が集《あつ》まったそのときだった。

そこに突然《とつぜん》、石崎《いしざき》がオーバーラップしてきて、スライディング・タックルをしかけ、一気《いっき》にボールをうばった。

「おお！　ナイス石崎《いしざき》！」

歓声《かんせい》があがると、石崎《いしざき》は「がっはっは！」と大《おお》きく口《くち》をあけて笑《わら》った。

「おれさまは、まだまだ元気《げんき》だぜ！」

ムードメーカーの石崎《いしざき》がチームをもりたてる。

だが、比良戸中《ひらどちゅう》のメンバーもだまってはいなかった。

「おれたちだって、いつまでも次藤《じとう》と佐野《さの》にたよってばかりじゃないぜ！」

決勝点《けっしょうてん》となりえる1点《てん》をめぐっての攻防《こうぼう》となれば、チームが一丸《いちがん》となってぶつかってくる。

そして、ついに試合《しあい》は、のこり時間《じかん》5分《ふん》というクライマックスをむかえた。

このタイミングで、気合《きあ》いのクロスをあげたのは、次藤《じとう》だ。

それを大《おお》きくジャンプした佐野《さの》がオーバーヘッドキックでとらえる。翼《つばさ》の得意技《とくいわざ》で決勝《けっしょう》点《てん》をきめようという好戦的《こうせんてき》な佐野《さの》のシュートだ。

しかし、ここに立《た》ちはだかったのは、同《おな》じようにけんめいにジャンプしてくりだされた翼《つばさ》の右足《みぎあし》だった。

ここまで行動《こうどう》をひかえていた翼《つばさ》がいきなり動《うご》きだしたのだ。

翼《つばさ》のディフェンスによって威力《いりょく》の弱《よわ》まったボールを、キーパー森崎《もりさき》がダイビングキャッチすると、そこに翼《つばさ》が叫《さけ》ぶ。

「こい！　森崎《もりさき》！　このおれにボールを！」

その表情《ひょうじょう》にはいつもの翼《つばさ》の闘志《とうし》があった。

翼《つばさ》はボールをうけると、一気《いっき》にカウンターアタックにのりだした。

みんな、ありがとう。十分《じゅうぶん》、やすませてもらったよ。

だから、今度《こんど》はおれが、決勝点《けっしょうてん》をとる！

翼《つばさ》は、すばやくきりこむドリブルで、比良戸中《ひらどちゅう》のゴールをめざした。

翼《つばさ》のスピードにかろうじてついていけているのは、比良戸中《ひらどちゅう》では佐野《さの》だけだった。

翼《つばさ》がねらうのは、もちろんドライブシュートだ。

ロベルトの教《おし》えどおり、その目《め》がゴールをとらえた瞬間《しゅんかん》にかまえにはいる。

だが、そこに、ヨコから佐野《さの》のスライディング・タックルがすべりこんできて……。

ああっと、南葛中《なんかつちゅう》ＭＦ《ミッドフィルダー》大空翼《おおぞらつばさ》のドライブシュートのけりこみと同時《どうじ》に比良戸中《ひらどちゅう》ＦＷ《フォワード》佐野満《さのみつる》によるスライディング・タックルがはいったアッ！

ああ、しかし、これは、佐野《さの》が吹《ふ》きとばされて……

ボールは、まだ大空《おおぞら》の足元《あしもと》にのこっています！

さア、ここから、もう一度《いちど》ドライブシュートか！

もちろん翼《つばさ》は、もう一度《いちど》ドライブシュートのかまえを見《み》せた。

みんなのためにも必《かなら》ず、おれが1点《てん》とらなければならない。

けれども、その思《おも》いの強《つよ》さに反《はん》して、翼《つばさ》の身体《からだ》がガクッと地面《じめん》にくずれおちた。

ダ、ダメだ……。やっぱり力《ちから》が……はいらない……。

もうろうとしていく翼《つばさ》の意識《いしき》。そのなかで、若林《わかばやし》や岬《みさき》やロベルトの声《こえ》がまたひびいた。

「翼《つばさ》くん、みんなを信《しん》じるんだ！」

「そうだ、翼《つばさ》。サッカーは11人《にん》でやるんじゃないのか！」

「翼《つばさ》！　サッカーはひとりじゃできないぞ！」

そうだ。

そうだ。

そうだ。

おれは、本当《ほんとう》にだらしないキャプテンだけど、でも、おれには、仲間《なかま》がいる。

もしかしたら、こんなにダメなおれだからこそ、すごい仲間《なかま》たちがまわりにいてくれるのかもしれない。だって、ひとりでぜんぶできるなら、仲間《なかま》なんてできるはずがない。

翼《つばさ》はシュートをうとうとしていたボールを、

いくぞ!!
のこり時間《じかん》は
すくない!
これがラスト
チャンスだ!!

とっさにパスにきりかえて、けりだした。

そのボールが来生《きすぎ》にわたり、来生《きすぎ》は滝《たき》とともに攻《せ》めあがった。

「そのふたりなら大丈夫《だいじょうぶ》だ！」

「軽《かる》くカットできるぜ！」

なめた口《くち》をきく比良戸《ひらど》中《ちゅう》ＤＦ陣《ディフェンスじん》を、来生《きすぎ》と滝《たき》は、あざやかなコンビネーションプレーでかわしていく。

「おれたちだって、小学校《しょうがっこう》のときから同《おな》じＦＷ《フォワード》としてコンビを組《く》んできたんだ！」

「翼《つばさ》と岬《みさき》の黄金《ゴールデン》コンビにはかなわなくても、銀《シルバー》くらいのかがやきはもってるつもりだぜ！」

負傷《ふしょう》をもろともせず、スピードにのってすすむふたり。

翼《つばさ》からもらったこのボール かならず比良戸《ひらど》ゴールへたたきこむぞ!!
ついに力《ちから》つきたか翼《つばさ》くん 南葛《なんかつ》 せめるのは来生《きすぎ》くん 滝《たき》くん このふたりしかいません!!

迫《せま》りくる次藤《じとう》の巨体《きょたい》も、また下《した》をすりぬける作戦《さくせん》で滝《たき》が見事《みごと》にかわした。

そして、比良戸中《ひらどちゅう》のキーパーがでてきたところで、すかさずサイドにはたく。

そこに来生《きすぎ》が走《はし》りこみ……。

「元修哲小《もとしゅうてつしょう》の点取《てんと》り屋《や》、来生哲兵《きすぎてっぺい》は、いまは南葛中《なんかつちゅう》の点取《てんと》り屋《や》だァ！」

堂々《どうどう》、決勝点《けっしょうてん》を比良戸中《ひらどちゅう》ゴールにぶちこんだ。

翼《つばさ》は、自分《じぶん》で自分《じぶん》の身体《からだ》を支《ささ》えながら、それでも、大《おお》きく大《おお》きく叫《さけ》んだ。

「ありがとう！　来生《きすぎ》！　滝《たき》！」

それからおよそ1分後《ぷんご》、試合終了《しあいしゅうりょう》のホイッスルが鳴《な》った。

南葛中《なんかつちゅう》のメンバーたちは、これまでにないほどボロボロだ。

「勝《か》った……」

かみしめるように、翼《つばさ》がつぶやいた。

4対《たい》3で南葛中《なんかつちゅう》が辛《から》くも勝利《しょうり》をつかんだ。


これほどの死闘《しとう》になると、誰《だれ》が予想《よそう》したでしょう！

王者《おうじや》を追《お》いつめた比良戸中《ひらどちゆう》、絶望的《ぜつぼうてき》な３点差《てんさ》にもあきらめなかった南葛中《なんかつちゆう》、どちらも素晴《すば》らしいファイトです!!

準決勝進出《じゆんけつしようしんしゆつ》がきまった南葛中《なんかつちゆう》、次《つぎ》なる対戦相手《たいせんあいて》はふらの中《ちゆう》になります！

「くそっ！」

くやしそうに声《こえ》をあげて、佐野《さの》がピッチにひざまずいた。

こみあげるものをおさえこむようにギリギリと歯《は》をかみしめる佐野《さの》に、次藤《じとう》がそっと声《こえ》をかける。

「……立《た》て、佐野《さの》」

「キャプテン」

「泣《な》くな。おまえにはもう1年《ねん》あるタイ。来年《らいねん》もここへきて、今度《こんど》こそ優勝《ゆうしよう》しろタイ」

「は……はい」

負《ま》けるのはくやしいことだが、次藤《じとう》はなんだかすがすがしい気持《きも》ちでいた。

スタンドからは、両《りよう》チームの健闘《けんとう》をたたえる拍手《はくしゆ》がわきあがっていった。

「強《つよ》い者《もの》が勝《か》つのではない、勝《か》った者《もの》が強《つよ》いのだ」ともいわれる、サッカーという名《な》のたたかい。勝《か》ちのこる者《もの》もいれば、負《ま》けて消《き》えさる者《もの》もいる。

かくして、第《だい》16回《かい》全《ぜん》国《こく》中《ちゅう》学《がく》生《せい》サッカー大《たい》会《かい》ベスト4《フォー》がでそろった。

大空翼《おおぞらつばさ》を中心《ちゅうしん》に大会《たいかい》3連覇《れんぱ》をめざす静岡代表南葛中《しずおかだいひょうなんかつちゅう》。

松山光《まつやまひかる》がひっぱるチームワーク抜群《ばつぐん》の北海道代表《ほっかいどうだいひょう》ふらの中《ちゅう》。

準決勝戦《じゅんけっしょうせん》では元《もと》チームメイト同士《どうし》の対決《たいけつ》となる埼玉代表明和東中《さいたまだいひょうめいわひがしちゅう》。

日向小次郎《ひゅうがこじろう》抜《ぬ》きに勝《か》ちすすんできた東京代表東邦学園《とうきょうだいひょうとうほうがくえん》。

本当《ほんとう》の強《つよ》さと勝利《しょうり》をもとめる少年《しょうねん》たちの夏《なつ》が、これからさらに燃《も》えさかろうとしている。

その日《ひ》、翼《つばさ》は、そのまま担当医《たんとうい》の中田先生《なかたせんせい》のもとに泊《と》まり、安静《あんせい》にすごすことになった。

宿舎《しゅくしゃ》になっている旅館《りょかん》にもどった南葛中《なんかつちゅう》の選手《せんしゅ》たちは、口々《くちぐち》に翼《つばさ》のケガを心配《しんぱい》する。

「心配《しんぱい》だな、翼《つばさ》のケガ」

石崎《いしざき》がぽつりというと、井沢《いざわ》も考《かんが》えこむ。

「ああ、ケガのことは先生《せんせい》にまかせるしかないしな」

とはいえ、南葛中《なんかつちゅう》の準決勝《じゅんけっしょう》の対戦相手《たいせんあいて》は、ふらの中《ちゅう》だ。

翼《つばさ》に負担《ふたん》をかけないように、自分《じぶん》たちがいっそうがんばらなくてはならない試合《しあい》だが、
チームワークではふらの中《ちゅう》に上《うえ》をいかれるかもしれない……。

うかぶ不安《ふあん》に思《おも》いをめぐらせながら、みんなで気合《きあ》いをいれなおしていった。


けれど、次《つぎ》の朝《あさ》、そんな空気《くうき》は一気《いっき》に吹《ふ》きとばされた。

会場《かいじょう》につくと、見《み》なれた笑顔《えがお》がかがやいたからだ。

たのもしい強《つよ》いまなざし。堂々《どうどう》とした背《せ》すじ。のびるしなやかな足《あし》。

南葛中《なんかつちゅう》のキャプテンが晴《は》れやかな表情《ひょうじょう》で、そこに立《た》っていた。

「さァ、みんな、今日《きょう》もがんばっていこう！」

翼《つばさ》の声《こえ》が、大空《おおぞら》にひびきわたった。


（『キャプテン翼《つばさ》 中学生編《ちゅうがくせいへん》 下《げ》』につづく）

この作品は、集英社文庫として刊行された『キャプテン翼』8、9、10、11巻をもとに、ノベライズしたものです。

キャプテン翼 中学生編
上

高橋陽一　原作・絵

ワダヒトミ　著

✉ ファンレターのあて先
〒101-8050　東京都千代田区一ツ橋2-5-10　集英社みらい文庫編集部
いただいたお便りは編集部から先生におわたしいたします。

2018年12月26日　第1刷発行

発 行 者　北畠輝幸
発 行 所　株式会社 集英社
　　　　　〒101-8050　東京都千代田区一ツ橋2-5-10
　　　　　電話　編集部 03-3230-6246
　　　　　　　　読者係 03-3230-6080
　　　　　　　　販売部 03-3230-6393（書店専用）
　　　　　http://miraibunko.jp
装　　丁　秋庭 崇（バナナグローブスタジオ）　中島由佳理
印　　刷　凸版印刷株式会社
製　　本　凸版印刷株式会社

★この作品はフィクションです。実在の人物・団体・事件などにはいっさい関係ありません。
ISBN978-4-08-321477-6　C8293　N.D.C.913　250P　18cm
©Takahashi Yoichi　Wada Hitomi　2018　Printed in Japan

定価はカバーに表示してあります。造本には十分注意しておりますが、乱丁、落丁（ページ順序の間違いや抜け落ち）の場合は、送料小社負担にてお取替えいたします。購入書店を明記の上、集英社読者係宛にお送りください。但し、古書店で購入したものについてはお取替えできません。
本書の一部、あるいは全部を無断で複写（コピー）、複製することは、法律で認められた場合を除き、著作権の侵害となります。また、業者など、読者本人以外による本書のデジタル化は、いかなる場合でも一切認められませんのでご注意下さい。

特殊教科《とくしゅきょうか》"お宝《たから》バトル"で
学校指定《がっこうしてい》のお宝《たから》を
探《さぐ》って
だまして
奪《うば》いあえ!!
授業《じゅぎょう》なのにバトル!?
卒業生《そつぎょうせい》から数多《かずおお》くの
才能《さいのう》あふれる人《ひと》たちが出《で》ている、
超有名人気学校《ちょうゆうめいにんきがっこう》「私立鳳凰小学校《しりつほうおうしょうがっこう》」。
他《ほか》の小学校《しょうがっこう》と大《おお》きくちがうところ、
それは…… 〝お宝《たから》バトル〟という
特殊教科《とくしゅきょうか》があること！
子《こ》どもたちの知恵《ちえ》や体力《たいりょく》、
ときには運《うん》も試《ため》される
バトルの勝敗《しょうはい》の行方《ゆくえ》は!?
2019年《ねん》
1月《がつ》24日《か》㊍《もく》発売《はつばい》！

放《ほう》課《か》後《ご》の校《こう》舎《しゃ》で
お宝《たから》を巡《めぐ》る
バトルロイヤル!
生《せい》徒《と》全《ぜん》員《いん》が
ライバル!
志田《しだ》もちたろう・作《さく》
NOEYEBROW《ノーアイブロウ》・絵《え》
僕《ぼく》らのハチャメチャ課《か》外《がい》授《じゅ》業《ぎょう》
一《いっ》発《ぱつ》逆《ぎゃく》転《てん》
お宝《たから》バトル

てるんだ!!!

弱小《じゃくしょう》チームの奇跡《きせき》の試合《しあい》!

負《ま》けっぱなしの弱小《じゃくしょう》サッカーチーム、山ノ下小学校《やまのしたしょうがっこう》FC《エフシー》6年《ねん》1組《くみ》。
勝《か》てなきゃ解散《かいさん》というチームのピンチに
熱血《ねっけつ》ゴールキーパー・神谷一斗《かみやいっと》と
転校生《てんこうせい》のクールなストライカー・日向純《ひなたじゅん》が立《た》ち上《あ》がる!
2人《ふたり》を中心《ちゅうしん》に8人《にん》しかいないチームメイトが
ひとつになって勝利《しょうり》をめざす新《あら》たな少年《しょうねん》サッカー物語《ものがたり》!

FC《エフシー》6年《ねん》1組《くみ》のメンバー

FC6-1 3 **篠原大和《しのはらやまと》**
まじめでしっかり者《もの》のディフェンダー。一斗《いっと》のことを尊敬《そんけい》していて、力《ちから》になろうと奮闘《ふんとう》する。

FC6-1 6 **中沢勇気《なかざわゆうき》**
FC《エフシー》6年《ねん》1組《くみ》のたよれる主将《しゅしょう》。仲間《なかま》に指示《しじ》をだす冷静《れいせい》さとぜったいにあきらめない根性《こんじょう》アリ。

FC6-1 2 **田上蓮《たがみれん》**
クラスで一番《いちばん》背《せ》が高《たか》い男《おとこ》の子《こ》。だれにでも気《き》さくに接《せっ》する、転校生《てんこうせい》の純《じゅん》のよき理解者《りかいしゃ》。

FC6-1 10 **日向純《ひなたじゅん》**
転校生《てんこうせい》の天才《てんさい》ストライカー。これまでであったことのないFC《エフシー》6年《ねん》1組《くみ》の不思議《ふしぎ》なチームワークを信《しん》じている。

FC6-1 1 **神谷一斗《かみやいっと》**
負《ま》けずぎらいの熱血《ねっけつ》キーパー。アツい気持《きも》ちを胸《むね》に、すべてをかけてゴールを守《まも》りぬく主人公《しゅじんこう》。

白川円香《しらかわまどか》
いつでも笑顔《えがお》をたやさないチームのマネージャー。得意《とくい》なことはケガの手当《てあ》て。

FC6-1 5 **瀬尾陽介《せおようすけ》**
クラス一《いち》のお調子者《ちょうしもの》。どんなときでもみんなを明《あか》るくするムードメーカー。

FC6-1 7 **久野翔太《くのしょうた》**
ちょっとぶっきらぼうな少年《しょうねん》。母子家庭《ぼしかてい》で育《そだ》ち、6年《ねん》1組《くみ》はもうひとつの家族《かぞく》だと思《おも》っている。

FC6-1 4 **杉本学《すぎもとまなぶ》**
運動《うんどう》は苦手《にがて》だけど、だれもが認《みと》める努力家《どりょくか》。メガネがトレードマーク。

「みらい文庫《ぶんこ》」読者《どくしゃ》のみなさんへ

言葉《ことば》を学《まな》ぶ、感性《かんせい》を磨《みが》く、創造力《そうぞうりょく》を育《はぐく》む……、読書《どくしょ》は「人間力《にんげんりょく》」を高《たか》めるために欠《か》かせません。
たった一枚《いちまい》のページをめくる向《む》こう側《がわ》に、未知《みち》の世界《せかい》、ドキドキのみらいが無限《むげん》に広《ひろ》がっている。
これこそが「本《ほん》」だけが持《も》っているパワーです。

学校《がっこう》の朝《あさ》の読書《どくしょ》に、休《やす》み時間《じかん》に、放課後《ほうかご》に……。いつでも、どこでも、すぐに続《つづ》きを読《よ》みたくなるような、魅力《みりょく》に溢《あふ》れる本《ほん》をたくさん揃《そろ》えていきたい。読書《どくしょ》がくれる、心《こころ》がきらきらしたり胸《むね》がきゅんとする瞬間《しゅんかん》を体験《たいけん》してほしい、楽《たの》しんでほしい。みらいの日本《にほん》、そして世界《せかい》を担《にな》うみなさんが、やがて大人《おとな》になった時《とき》、「読書《どくしょ》の魅力《みりょく》を初《はじ》めて知《し》った本《ほん》」「自分《じぶん》のおこづかいで初《はじ》めて買《か》った一冊《いっさつ》」と思《おも》い出《だ》してくれるような作品《さくひん》を一所懸命《いっしょけんめい》、大切《たいせつ》に創《つく》っていきたい。

そんないっぱいの想《おも》いを込《こ》めながら、作家《さっか》の先生方《せんせいがた》と一緒《いっしょ》に、私《わたし》たちは素敵《すてき》な本作《ほんづく》りを続《つづ》けていきます。「みらい文庫《ぶんこ》」は、無限《むげん》の宇宙《うちゅう》に浮《う》かぶ星《ほし》のように、夢《ゆめ》をたたえ輝《かがや》きながら、次々《つぎつぎ》と新《あたら》しく生《う》まれ続《つづ》けます。

本《ほん》を持《も》つ、その手《て》の中《なか》に、ドキドキするみらい――。
本《ほん》の宇宙《うちゅう》から、自分《じぶん》だけの健《すこ》やかな空想力《くうそうりょく》を育《そだ》て、〝みらいの星《ほし》〟をたくさん見《み》つけてください。
そして、大切《たいせつ》なこと、大切《たいせつ》な人《ひと》をきちんと守《まも》る、強《つよ》くて、やさしい大人《おとな》になってくれることを心《こころ》から願《ねが》っています。

２０１１年《ねん》　春《はる》

集英社《しゅうえいしゃ》みらい文庫《ぶんこ》編集部《へんしゅうぶ》